# 이상한 나라의
# 불타는 시민들

# 이상한 나라의 불타는 시민들

### 민주주의 장르 단편선

- 전혜진
- 곽재식
- 최희라
- 류호성
- 홍지운

구픽

## 차례

### 제가 모르는 저의 죄들도
전혜진
007

### 킹메이커
곽재식
059

### 한 줌의 웃음을 불빛 속에 던지고
최희라
095

### 그럴 수 있었던 이야기
류호성
137

### 일만 잔의 커피를 마신 너에게
홍지운
179

# 제가 모르는 저의 죄들도

전혜진

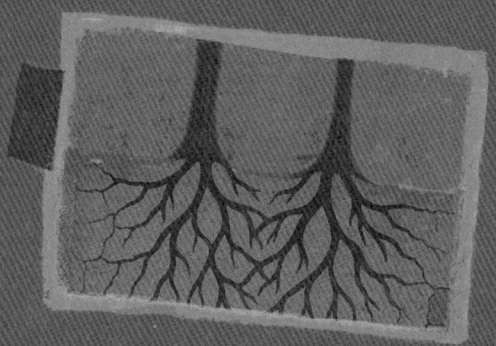

마지막으로 고해한 건 지난 12월, 첫 번째 일요일이었습니다. 매년 11월 말이 되면 아내가 판공성사를 하러 가라고 성화를 부리곤 하니까요. 이런 건 원래 12월 땡 치자마자 1등으로 하고 와야 하는 거라고, 12월 말 되면 신부님도 바쁘시지 않겠느냐며 등을 떠밀곤 했습니다. 그래서 그 첫 번째 일요일이 아마 12월 1일이었나.

성당 와서 미사 보고 나오면서 짧게 고해를 하고 나오는데, 아내가 팔짱을 끼며 집에 가는 길에 마트에 가자고 했던 것이 기억납니다. 얼마 전에 마트에 갔더니 큼직한 LED 초가 있는 것이 좋아 보였다고요. 대림절에는 원래 굵직한 양초를 켜 두는 것이지만, 불이 날까 봐 걱정도 되고 부담스러운데 LED 초라면 안전하기도 하고, 쓰고 담아 놓았다가 내년에 그대로 다시 쓸 수 있어서 편할 것 같으니 그걸 사다가 모처럼 대림절 초를 켜야겠다는 말도 했습니다.

저는 아내의 말을 타박했습니다. 애가 어릴 때라면 모를까, 다 늙어서 무슨 대림절 초까지 챙기고 있느냐고요. 아내는 잔뜩 토라져서는 제 팔을 놓아 버리고 앞장서 걸어갔습니다. 저는 얼른 뒤따라가며, 당신 좋을 대로 하라고 얼버무렸습니다. 다 늙어서도 성당 좋아하는 아내에게 끌려다니며 수시로 티격태격하는, 좋을 것도 나쁠 것도 없었던 평범한 일요일이었다고 기억합니다.

그리고 신부님도 아시다시피, 그 이틀 뒤에 대통령이 느닷없이 계엄령을 선포했습니다.

❖

이제 와서 무슨 이야기를 못 할까요. 신부님, 저는 때때로 성당에 오는 게 불편했습니다. 주말에 늦잠 좀 자려는데 아내가 미사 늦겠다며 끌고 나오거나, 별로 고해할 것도 없는데 판공 기간이라고 없는 잘못을 짜내서 고해를 하는 것도 그렇지만, 사실은 신부님들 말씀이 불편했습니다. 예수 그리스도께서 가장 가난하고 낮은 자리로 이 세상에 임하신 분이니까, 우리도 가장 가난하고 약한 사람들을 나의 이웃으로 생각하고 사랑하고 돌보라는 말씀까지는 알겠습니다. 설령 내 눈에 못마땅한 게 많더라도 사람은 모두 하느님이 지으신 그대로 존엄하니, 남을 무시하거나 차별하지 않도록 노력하자는 말씀도 알겠습니다. 그런데 그런 이야기가 왜 꼭, 보수를 욕하고 진보를 편드는 이야기로 흘러가는지 저는 알다가도 모르겠다 싶었습니다.

사실 가톨릭이 그리 진보적인 종교가 아닌 것도 사실이잖습니까? 그런데 어째서 우리나라 신부님들은 무슨 말씀을 하시다가도 슬그머니 진보 편을 드는 말씀을 하시는지.

저도 압니다. 1980년대에는 명동성당에서 데모꾼들이나 대학생들을 숨겨 주고, 그들을 잡으러 온 경찰들에게 추기경님께서 직접 호통을 치셨다지 않습니까. 여기의 신부와 수녀와 추기경님까지 다 잡아간 다음에 저 사람들을 잡아가라 하셨다고요. 돌아가신 추기경님의 그런 이야기가 미담처럼 전해지는 것도 이해는 갑니다. 그때는 누가 봐도 독재 시대였다고들 하니까요. 그러니 민주주의니 독재 타도니 하며 데모하는 사람들을 숨겨 주거나 하는 일도 의미가 있었을 겁니다.

하지만 신부님, 저는 그런 이야기들을 들을 때마다 생각했습니다.

지금은 그런 시대가 아니지 않냐고요.

신부님, 신부님께서는 기억하지 못하시겠지만, 저는 계엄령이 선포된 그 주 주말 미사 때 신부님께서 하신 말씀들을 기억합니다. 계엄도 법에 나와 있는 절차가 있는데 대통령은 단 한 가지도 지키지 않았다, 독재를 하기 위해 불법적인 계엄을 저질렀다, 이건 잘못된 일이다, 우리가 목숨을 걸고 민주주의를 지켜야 한다, 탄핵이 되어야만 한다, 그런 이야기들을요.

"지금 이 순간에도 세계 여러 나라에서 독재자의 잘못된 결정 때문에 사람들이 고통받고 있습니다. 기억해 주십시오, 지금 우리가 누리고 있는 일상이라는 것이 얼마나 연약한 것인지를, 지금의 이 평화가 오기까지 얼마나 많은 사람들이 독재에 맞서 싸우고 피를 흘렸는지를 말입니다."

솔직히 그런 말을 들으면서, 저는 딴 생각을 하고 있었습니다. 마지막 계엄이 1979년, 박 대통령 서거하셨을 때 시작해서 1981년엔가 끝났는데, 우리 신부님이 올해 몇 살이셨더라. 지난번 계엄 때는 아직 태어나지도 않으셨던 게 아닌가 하고요.

"약자들이 더욱 살기 어려운 세상이 되고 있습니다. 이럴 때일수록 이웃을 생각하십시오. 가장 약한 사람들, 가장 차별받는 사람들까지 나의 친구이자 이웃으로 삼아, 서로 사랑하십시오. 모든 사람을 존엄하게 여기고, 모두가 함께 살아갈 수 있는 평화를 지켜 나가기 위해, 우리는 불의에 굴복하지 않아야 하겠습니다."

그런 신부님이 계엄이 어쩌고, 독재가 어쩌고, 민주주의가 어쩌고 하면서 정말 무슨 큰일이라도 났다는 듯이 말씀하시는 것이, 솔직히 처음에는 웃기지도 않았습니다. 경찰 무서운 줄도 모르고, 밤거리에 나가서 촛불이 이긴다고 고래고래 노래만 부르면 이기는 줄 아는, 머리에 피도 안 마른 애새끼처럼 보여서.

"우리가 독재를 이겨내는 힘, 민주주의를 지켜내는 힘은 그런 사랑을 실천하는 데서 시작되는 것입니다."

그래서 제가 미사 끝나고 넌지시 말씀드렸지요. 신부님께서 세상 돌아가는 일에 관심이 많으신 것이야 다들 잘 알고 있습니다만, 그래도 강론 중에 그렇게 정치 말씀을 직접

하시는 것은 좋지 못하다고요. 그러자 신부님은 말씀하셨습니다.

"불편하게 들으시는 분도 계시겠습니다만, 그건 원칙에 대한 이야기입니다. 평화와 생명을 지켜야 한다는 이야기 말입니다."

평화와 생명이라는 말에, 제가 아마 좀 소리내어 웃었던 것 같기도 합니다. 신부님은 제 얼굴을 쳐다보시다가, 정말 어처구니가 없다는 듯 말씀하셨지요.

"웃음이 나오십니까, 형제님."

"신부님께서는 훌륭한 분이시지요. 그래도 세상 물정 같은 걸 잘 모르시는구나 싶어서 좀 웃었습니다. 하긴, 그러니까 그 어렵고 힘든 공부를 십수 년씩 하시고서도, 부귀나 출세 같은 세속적인 것에 뜻을 두지 않고 신부님이 되셨겠지요."

"계엄령, 겪어 보셨잖습니까. 계엄이 선포되면 어떤 일이 일어나는지 형제님께서도 아시지 않습니까."

"겪어 봤지요. 제가 군대 막 들어가자마자 계엄이 터졌습니다. 정말 잘 알고 있지요."

"…"

"그런데 신부님, 그때도 사람은 살았습니다. 신부님이 말씀하시는 것처럼, 정말로 계엄이 터진다고 사람이 다 죽어 나가고 그런 게 아닙니다. 물론 안 그런 사람도 있었죠. 데모한다고 나갔다가 끌려가고 죽는 사람도 있었겠죠. 근데 그냥 평범하게, 조용히 제 할일 하며 살던 사람들은 안 죽었어요. 다 살았어요. 저도 그렇잖습니까."

신부님은 하시던 말씀을 멈추고 저를 가만히 바라보셨습니다. 키가 작고 체구도 자그마한 젊은 신부님, 사람 착하시고 아이들에게 다정하시다고 소문난 신부님인데, 그날따라 사람을 쳐다보는 시선이 얼마나 매섭던지요. 저는 그 시선이 불편해서 문득 고개를 돌렸습니다. 신부님의 그 시선은 마치 제 육신을 열고 그 안에 있는 양심을 한번 들여다보려는 것처럼 느껴졌습니다.

그때 아내가 다가와 제 등을 찰싹 때렸습니다.

"아니, 여보. 지금 뭐 하고 있어요. 신부님도 바쁘신 분인데 왜 그렇게 붙잡고 시간을 빼앗고 그래."

아내는 제가 뭐라고 할 겨를도 없이, 신부님께 꾸벅 인사를 드리고 제 팔을 붙잡고 성당을 빠져나왔습니다. 저는 집에 가는 내내 아내에게 투덜거렸습니다. 왜 사람을 끌고 가느냐고, 나도 입이 없어서 말을 못 하는 게 아니라고, 이제 반박을 하려는데 당신이 끌고 간 거라고요. 하지만 생각해보면 다행스러운 일이었습니다. 그렇지 않았다면 신부님과 크게 언쟁을 벌였을 테니까요. 아내는 입을 꾹 다물고 저를 차에 밀어넣더니, 차에 시동을 걸고서야 한마디 했습니다.

"신부님이 정치 이야기만 나오면 그러시는 거 어제오늘 일이어야지."

"그건 그렇지…"

사실은 신부님께서도 알고 계셨을 겁니다. 신부님이 정치 이야기를 하실 때 눈살을 찌푸리는 이가 저 혼자만이 아니라는 것을요. 저도, 독실하기로는 우리 성당의 누구와 비교해도 빠지지 않을 제 아내도 그랬습니다. 지난번 대통령 선거 결과가 나왔을 때에도, 신부님은 퀭한 얼굴을 하고 모두의 앞에서 말씀하셨습니다. 약자에게 더 힘든 세상이 될 테니, 우리 이웃들, 특히 차별받는 사람들과 가난한 사람들을 위해 기도해 달라고요.

"신부님이 공부를 많이 하신 분인 것이야 우리가 다 알지. 약자들 걱정도 많이 하시고, 솔선수범해서 사람들 돕고 다니시고, 그야말로 주님의 사랑을 실천하려고 애쓰시는 분인 것도 우리가 다 알지. 근데 사람들 살기 어려운 게 어제오늘 일이냔 말이야."

"그래도… 신부님이 걱정하시는 게 조금 이해는 가더라. 자고 일어났는데 계엄령 같은 말을 들으면, 사람이 아무래도 겁이 덜컥 나니까."

"겁이 나도 말이야. 신부님이 어디 그 시절을 살아 보기나 하셨어야지. 계엄령이 큰일이긴 하지만, 사람들 다 죽고 못 사는 정도는 아닌데. 원래 먹물들이 그래서 문제야. 겪어 보지도 않고 겁부터 먹는 거."

아는 게 많으면 먹고 싶은 것도 많다는 말이 있지요. 저는 신부님이 아는 게 많고 배운 게 많으셔서 쓸데없는 걱정도 너무 많다고 생각했습니다. 보수가 정권을 잡거나 보수

쪽 대통령이 나온다고 하루아침에 나라가 망하는 것도 아니고, 세상이 특별히 더 나빠질 리도 없는데. 보수라면 무조건 싫어하시는 건 편견이 아닌가 생각하기도 했습니다. 저만 그런 게 아니라, 다른 사람들도 그런 이야기를 수군거렸지요. 예, 그래도 다들 그런 말을 하다가도, 우리 신부님이 아직 젊으시니까 그런 거겠지 했습니다. 옛날에 주간지를 보다 보니, 무슨 교수가 그린 만화에 그런 내용이 나왔습니다. 이 공산주의 같은 좌파 사상이 정말 이상적인 사회를 이야기하는 것 같고, 그러다 보니 젊고 경험이 적을 때 들으면 진짜 좋은 이야기처럼 들린다고요. 그래서 그런 말이 있답니다. 젊어서 좌파 빨갱이 사상에 한 번쯤 빠져 보지 않으면 바보인데, 나이가 들어서도 계속 그 사상에서 헤어나오지 못하면 진짜 바보라고요. 신부님도 아직 젊으시니, 그런 말에 솔깃하셨겠거니, 혹은 그런 사상에 귀를 기울일 수밖에 없는 젊은 친구들을 딱하게 여기셨겠거니 생각하긴 했습니다만, 걱정도 되었습니다. 신부님들께서 자꾸 보수가 나라를 망치는 것 아니냐며 걱정을 하시면서 진보 편을 드시니까, 젊은 놈들이 더 정신을 못 차리는 것 같아서요. 그러니 젊은 친구들이 12월 지나고 1월 지나고 2월 지나고 3월 말이 다 되도록 거리로 쏟아져 나와서, 대통령 이름을 무슨 제 친구나 옆집 강아지 이름 부르듯이 부르면서, 내란범을 탄핵하라, 여당을 해체하라, 그런 소리를 하며 춤추고 노래 부르고 장난치듯이 아이돌 가수 반짝이 응원봉 같은 걸 흔들어 댔지요. 나중에는 국회의원들까지 응원봉을 들고 돌아다니지 않았습니까. 나중에는 한 술 더 떠서, 바티칸에 계신 추기경님까지 그런 놈들을 편드는 말씀을 하셨지요. 계엄이라니, 참담하다고요. 헌법재판소더러 정의와 양심 운운하면서, 대통령이 잘못된 판단과 결정을 내렸으니 빨리 탄핵시키라고요. 저는 그 이야기를 듣고서, 불경하게도 그런 생각까지 했습니다. 추기경님께서 매일 빨간 옷을 입고 사시더니, 아주 빨갱이가 다 되셨구만, 하고요.

제 말씀이 좀 이상하게 들리시지요.

그렇잖습니까, 신부님. 아직 1월인데요. 1월에 무슨 2월, 3월 이야기를 하고 있겠습니까. 그리고 바티칸의 추기경님 말씀이라니요. 그 계엄이 있고서, 외신이란 외신은 전부 차단이 되었는데요. 넷플릭스 같은 드라마나 영화 보는 것도 다 막히고, 유튜브도 정부가 잘하고 있다며 듣기 좋은 소리만 나오고. 어지간한 건 다 접속 막혔다고 아우성이고. 인터넷으로 어떻게 프로그램을 써서 어떻게 하면 되더라는 이야기는 들었지만, 그런 거야 젊은 친구들 이야기고, 저 같은 사람이 하는 일은 아니지요. 신부님께서야 어떻게 추기경님 말씀을 전달받아서 들으셨을 수도 있겠지만, 저는 아니지요. 그런데 제가 저 말씀을 어떻게 들었나, 어떻게 뉴스에서 봤다고 하나, 그런 생각이 드실 것도 같습니다.

예, 신부님, 저는 그 뉴스를 보았습니다. 분명히 3월에 그 뉴스를 들었습니다.

매주 경복궁 앞에 대통령을 탄핵하라는 데모를 하러 간다던, 딸아이가 메신저로 보내 준 뉴스 링크에서요.

압니다. 말도 안 되는 이야기지요. 요즘 같은 세상에 경복궁 앞 데모라니. 12월 31일 밤에 광화문이며 종각으로 나와 데모하던 사람들을 군용 헬기가 낮게 날며 전부 쏴 죽인 저 '피의 광화문' 사건 이후로, 누가 감히 그렇게 모여서 데모 같은 것을 할 수 있겠습니까. 국회의원 상당수가 행방을 알 수 없는데 대통령을 탄핵한다니, 그런 게 어떻게 감히 가능하겠습니까. 보통 사람에게 이런 말을 하면, 제가 정신이 이상한 줄 알 겁니다. 이런 말을 듣기만 해도 잡혀갈 것 같아서 제 입을 틀어막을 겁니다. 어쩌면 불쌍해할지도 모르겠습니다. 경찰이나 누가 와서 그 말을 트집 잡으려고 해도, 저 사람은 너무 참담한 일을 겪어서 아주 정신이 돌아 버렸다고, 불쌍하게도 미친 사람 이야기일 뿐이라고 말할지도 모르겠습니다.

그래도 저는 누군가에게라도 털어놓지 않을 수가 없었습니다. 제게는 전부, 실제로 일어난 일이니까요. 말하지 않으면 가슴이 터져 버릴 것 같으니까요.

그래도 어쩌면 하느님은 이 죄 많은 사람의 말씀을 들어주실 것 같았습니다. 신부님도, 고해라면 들어주실 것 같아서 여기까지 왔습니다.

어디서부터 말씀드려야 하는 걸까요.

정말 어떻게 설명해야 할지 저도 모르겠습니다만….

신부님.

제가 아무래도 시간을 되돌려 버린 것 같습니다.

❖

대통령이 계엄을 선포했다가 동트기 전에 해제했다는 이야기를 처음 들은 것은 12월 4일 아침이었습니다. 핸드폰 기상 벨소리 대신 주요 신문들의 헤드라인을 읽어 주는 기능을 선택해 놓았는데, 새벽 6시가 되자마자 스마트폰에서 계속 계엄령, 계엄령 하고 떠들어 대기 시작한 거죠. 무슨 소리인가 싶어서 놀라서 일어났는데, 저보다 조금 먼저 일어난 아내도 잔뜩 겁먹은 표정으로 말하더군요.

"간밤에 계엄이 일어날 뻔했다지 뭐야."

"일어나면 일어났고 아니면 아닌 거지, 일어날 뻔하는 건 또 뭐야."

"대통령이 비상계엄을 선포했는데, 그게 없던 일이 되었다네? 새벽에 계엄령을 해제해서."

"대체 그건 또 무슨 싱거운 소리야. 계엄령이라는 게 사람 자는 사이에 선포했다가 해제될 수 있는 일이야?"

내심 놀라긴 했습니다. 계엄령이라니, 정말 어릴 때 들어보고 몇 십 년 만에 들어보는 이야기 아닙니까. 그래도 아내 보는 앞이니 짐짓 별일 아니라는 듯 농담을 하며 핸드

폰을 집어들었죠. 간밤에 다들 뉴스 보다가 놀라고 어쩔 줄 몰라 했던 것인지, 대기 화면에 메시지가 수십 통은 떠 있었습니다.

"아니, 진짜네. 정말 계엄을 했다고? 그런데 어떻게 지금은 아니라는 거야?"

"그렇다나 봐. 맨날 술이나 먹는다더니, 설마 술이라도 잔뜩 마시고 술김에 확 저질렀나."

"어허, 이 사람이. 아무리 술을 좋아해도 계엄이 술김에 저지를 일은 아니지. 뭐, 북한 인민군이라도 잠깐 넘어왔다가 돌아간 것 아니야? 바로 해제했다는 걸 보면."

아내와 주거니 받거니 농담을 하다가, 뉴스를 틀어 보았습니다. 화면에는 그날 새벽, 국회의사당 주변의 모습이 비치고 있었습니다. 경찰들이 국회 정문 앞을 막고 있는 가운데, 수많은 사람들이 그 앞에서 문을 열라고 외치고 있었습니다. 문으로 들어갈 수 없자 국회의원들은 사람들의 도움을 받아가며 담을 넘었고, 보좌관이나 국회 직원 같은 사람들도 붙잡는 경찰을 뿌리치며 담을 넘어 국회로 들어갔습니다. 경찰이 막아서자 "여긴 내 직장이라고!" 하고 소리치는 사람도 있었습니다.

"이게 뭔 일이래…."

아나운서는 어젯밤 대통령이 비상계엄을 선포하자마자 시민들과 야당 의원들이 국회로 모여들었고, 새벽 1시경 비상계엄 해제 요구안이 재석의원 190명 중 190명의 찬

성으로 가결되었다고 말했습니다. 의원들이 국회로 들어가는 것을 경찰들이 막는 바람에 야당 대표와 국회의장을 비롯한 수많은 국회의원들이 담을 넘어 국회로 들어갔고, 나중에는 계엄군이 국회에 들어가려고 했다고도 말했습니다. 젊고 기가 세 보이는 여자가 자신에게 겨눠진 총부리를 붙잡으며 군인과 싸우는 모습이 화면에 잠시 비쳤습니다. 저는 눈살을 찌푸렸습니다.

"여자들은 군대에 안 다녀왔으니 총 무서운 줄을 몰라서…."

"아니, 그래도 군인이 그냥 민간인한테 저러면 안 되지 않아?"

"민간인에게 저러면 안 되긴 하지. 하지만 군인 입장에서 누가 내 총을 빼앗으려고 한다, 그러면 상대가 군인이든 민간인이든 쏴 버려도 할 말이 없는 건데. 상대가 군인인데 누울 자리를 보고 발을 뻗어야지. 왜 저렇게 무모해서는…."

그때 화면이 바뀌었습니다. 군인들이 장갑차 같은 것을 끌고 국회로 향하는데, 패딩을 입은 키 큰 남자가 달려오더니 장갑차를 막아서는 것이었습니다. 뒤이어 몇 명이 더 달려와 장갑차를 가로막고, 군인에게 항의를 했습니다.

처음에는, 쟤들은 겁이 없나, 하고 생각했지요. 아니, 갑자기 계엄이라니까, 세상이 뒤집힌다니까 놀라서 국회 앞으로 달려간 거야 퍽 용감한 일이지요, 젊은 사람들이 의기가 있다고 볼 수도 있겠지요. 하지만 철딱서니가 없어도 분수가 있지요. 슈퍼맨이나 만화영화에 나오는 주인공쯤 되면 모를까, 사람의 몸이라는 건 잘 다치고 잘 부서지고 잘 죽게 생겨 먹었지요. 아무리 잘난 사람이라도 총으로 빵 쏴 버리면, 아니면 저런 장갑차로 그냥 지나가면서 깔아뭉개 버리면 다 죽는 건데, 제복 입은 사람 무서운 줄을 모르고 영웅 놀이라니요.

"…장하긴 한데, 저거 뉘 집 자식인지."

"그러게, 부모가 알면 얼마나 놀라겠어."

그런 이야기를 주고받으며 아내가 갈아 준 녹즙을 마시는데, 뭔가 이상했습니다. 화면에 보여선 안 될 게 보이는 것 같았습니다. 아내도 비슷한 생각을 했는지, 몇 번이나 TV 앞에서 눈을 비비다 말했습니다.

"저거 우리 성은이 아니야?"

그럴 리가 있냐고 말하고 싶었지만, 사실이었습니다. 장갑차를 가로막으며 군인에게 항의하는 사람들 사이에 저희 딸이 있었습니다. 그것도 군인을 향해 삿대질까지 하고 있는 것이, 딱 봐도 험한 소리를 하는 것처럼 보였습니다.

"…저게 저긴 왜 있어?"

가슴이 덜컥 내려앉았습니다. 저는 바로 딸에게 전화를 걸었습니다. 한 번 걸었는데 받지 않길래, 두 번, 세 번을 연달아 걸었습니다.

그래요, 신부님 보시기엔 제 딸이 장한 일을 한 것일 수도 있겠지요. 민주주의를 지키겠다며 폭력 앞에 용감히 맞섰다고 칭찬해 주셨을 것 같기도 합니다. 하지만 신부님, 만약 신부님께서도 자식이 있었다면 그렇게 간단하게 생각하고 넘어가시진 못했을 겁니다. 세상에 어느 부모가, 제 자식이 군인이나 총 든 사람에게 빠득빠득 우기면서 죽을 자리로 뛰어가는 걸 두고 봅니까? 설령 그게 하나부터 열까지 전부 다 맞는 말이라고 쳐도, 사람이 상황을 좀 봐 가면서 나서야 할 게 아닙니까. 게다가 사람이 나이를 먹었으면 좀 나잇값을 하고 신중하게 굴 줄도 알아야지요. 그 애가 한두 살 먹은 어린애도 아니고, 스물 몇 살이면 피 끓는 혈기에 그랬다고 쳐도, 제 딸은 올해로 서른일곱인가 그렇습니다. 옛날 같으면 시집가서 애가 학교도 갔을 나이인 애가 아직도 철딱서니가 없어서는, 결혼에는 뜻이 없고 친구랑 둘이 고양이나 키우고 살겠다더니, 이젠 군인들도 오고 장갑차도 오는 게 뭐 좋은 구경이라고 그 밤중에 거길 갔는지. 저는 혈압이 올라서 머리가 어질어질했습니다.

"야, 윤성은!"

"…귀 떨어져. 졸려 죽겠는데 무슨 일이야."

딸아이는 잠이 덜 깬 듯 퉁명스럽게 대꾸했습니다.

"어제 대체 어딜 그렇게 싸돌아다닌 거냐!"

그 애는 잠시 아무 말도 하지 않았습니다. 내가 잘못 본 게 아니구나 싶어서 화가 치밀어 올랐습니다.

"넌 나잇살이나 처먹어서, 계엄령 같은 거 선포하면 제일 먼저 따라오는 게 뭔지나 알아? 통행금지야, 통행금지!"

전화 저편에서 비웃는 듯한 소리가 들렸습니다.

"아빠는 계엄사령관이라는 작자가 포고문 발표한 건 읽어 보지도 않고 그러지? 국회를 포함해서 일체의 정치활동을 금한다, 언론과 출판은 계엄사령부의 통제를 받는다, 집회도 시위도 결사도 전부 다 금지한다."

"하지 말라는 걸 왜 해!"

"대한민국 헌법 21조야. '모든 국민은 언론·출판의 자유와 집회·결사의 자유를 가진다.' 사람이, 내가 다른 것도 아니고 책을 만드는 사람인데, 전쟁이 난 것도 아니고 무슨 큰 재난이 닥친 것도 아닌데, 언론 출판의 자유도 없애고 자기가 독재를 해 먹을 거라는데. 그런 말 같지도 않은 소리를 듣고서도 그냥 방구석에 숨어서 가만히 있으라고? 아빠는 어젯밤에 무슨 일이 있었는지, 정말 알기는 해?"

딸의 목소리가 점점 커졌습니다. 그건 정말 무슨… 사람을 아주 뭣도 모르는 사람, 아주 나쁜 사람으로 취급하는 듯한 목소리였습니다.

"어제 말이야, 난 그냥 유림이랑 같이 야식 사러 가던 길이었어. 편의점 문을 열고 들어가는데 누가 메신저로 링크를 보내 주는 거야. 지금 대통령이 계엄을 포고하고 있다고. 난 처음엔 농담하는 줄 알았어. 근데 편의점에 있는 TV에서 뉴스가 나오는 거야. 이 정신 나간 새끼가."

"성은아, 새끼가 뭐냐. 그래도 대통령…."

"편의점 사장님이 TV 볼륨을 키웠는데, 대국민 담화랍시고 계엄 선포하면서 개소리 하는 걸 듣는데 정말로 미치는 줄 알았어. 척결? 처단을 해? 내가 정말, 쟤가 지금 척결하고 처단하겠다는 게 어떤 사람들인지 생각을 했어. 우선은 정치가들이나 노조 간부 같은 사람들이 큰일이겠지만, 까딱하면 나나 유림이도 잘못될 수 있겠구나, 잘못되지 않더라도 정말 엉망진창이 된 세상에서 살아야 하는 거구나. 그런 생각도 했어. 너무 화가 나고 무서워서 눈물이 나는데, 유림이네 편집장이 유림이한테 연락을 했어. 당장 국회로 달려오라고."

"유림이 걔는 기자니까 갔다고 치고, 너는? 너는 국회에 왜 갔는데? 네가 기자야?"

"유림이네 편집장이 그랬어. 지금 제1야당 대표가 국회로 가고 있다고."

"뭐?"

"야당 대표가 그야말로 목숨 걸고 달려가면서 유튜브로 라이브까지 하고 있었어. 시민들에게 국회로 와 달라고, 계엄을 막으려면 국회를 지켜야 한다고 유튜브로 호소하고 있었다고. 계엄군에게 붙잡히면 백 퍼센트 죽을 사람이 말이야. 아빠, 내가 유튜브 켜서 그 사람이 담 넘는 것 보고, 다시 영상을 앞으로 죽 감으면서 무슨 생각을 했는지 알아? 1980년 광주에서, 가두방송을 하던 여자분 목소리가 떠올랐어. 시민 여러분, 지금 계엄군이 쳐들어오고 있습니다. 시민 여러분, 우리를 잊지 말아 주세요, 하는."

저는 전화를 붙들고 마구 소리를 질렀습니다. 지금 네가 무슨 소리를 하는 건지 알긴 아느냐고요. 세상에 믿을 게 없어서 그 빨갱이 같은 놈들을 믿느냐고요. 그리고 광주에서 그때 나간 사람들은 다 죽지 않았느냐고요. 전화 저편에서 딸이 나직하게 웃는 소리가 들렸습니다. 그러더니 그 애는 제게 엄숙하게 말했습니다.

"아빠, 그건 양심이 부르는 소리라는 거야."

❖

그후로 며칠 동안, 뉴스를 틀면 그날 밤, 국회의사당의 풍경이 비쳤습니다. 군인의 총부리를 잡고 흔들던, 나중에 알고 보니 야당 대변인이라던 드센 여자의 모습이 몇 번씩 뉴스에 나왔습니다. 국회 앞으로 들어오는 장갑차와 그걸 막는 사람들, 담을 넘는 국회의원들의 모습도 셀 수 없을 만큼 보였습니다. 저는 장갑차를 막는 사람들 사이에서 항의하는 제 딸의 모습을 볼 때마다 속이 들끓었습니다.

뭐, 저도 그런 상황에서 대통령이 다 잘했다고만 생각한 것은 아니었습니다. 하지만 그주 주말에 야당은 대통령을 바로 탄핵한다고 나섰습니다. 여당은 투표에 불참했습니다. 그리고 그다음 주 주말에 국회는 대통령 탄핵안을 기어코 가결시키고 말았습니다. 그러면 된 것 아닙니까? 대통령도 잘하기만 한 건 아니지만, 한번 크게 혼쭐이 났으면 된 것 아닙니까? 하지만 딸은 그다음 주에도, 그다음 다음 주에도 소식이 없었습니다. 아내 말로는 유림이와 함께 매주 데모하러 가느라, 엄마 아빠한테 전화 걸 시간도 없었다고 합니다.

데모, 말이 나왔으니 말인데 저도 한 번 가 보았습니다. 골프 친구인 아는 사장이 광화문에 탄핵에 반대하는 집회가 있다, 우리 같은 사람들이 아주 인산인해라고 하길래 한두 번 따라가 보았지요. 진보연 하는 놈들은 그런 집회는 일당 주고 사람을 모으는 거라고 헛소리를 하지만, 그건 아니었습니다. 저나 그 친구만 해도 일당 준다고 어디 가고 하는 사람들은 아니잖습니까? 근데 막상 가 봤더니, 미국 성조기나 이스라엘 깃발까지는 그렇다 쳐도 일장기까지 흔들고 있는 사람들이 잔뜩 앉아 있고, TV 뉴스에 종종 나오는 머리 허연 목사가 앞에 나와 막돼먹은 소리들을 늘어놓고 있었습니다. 한참 떠들다가 자기가 운영하는 무슨 홈페이지에 가입을 해라, 뭘 사라며 약장수처럼 떠들고 있더군요. 사람이 살면서 품위가 있지, 그런 곳에 어떻게 끼어 앉아 있습니까. 그래서 제가 탄핵을 반대하긴 해도, 그런 사람들과 어울려서 뭘 해 볼 생각은 들지 않았습니다. 그런데 제 딸아이는.

그리고 뭐, 양심이 부르는 소리라고요?

딸은 뉴스에서 못 봤느냐며, 국회 상공에 군용 헬기들이 나타났을 때 자기는 1980년 광주에서 있었던 일들을 생각했다고 말했습니다. 그때 공수부대가 그랬던 것처럼, 계엄군들은 거기 모인 시민과 국회의원들을 헬기에서 기관총을 쏴서 다 죽일 수도 있었다고요

"아빠, 난 내가 거기서 죽을 수도 있다고 생각했어."

1980년 광주, 그게 뭐길래.

신부님과 마찬가지로 제 딸도, 1980년에는 아직 태어나지도 않았습니다. 그런데 왜, 태어나서 한 번도 계엄을 경험해 보지 않은 아이가, 마치 제게는 양심이 없기라도 한 것처럼, 양심까지 들먹이며 제 아비에게, 그런 막돼먹은 소리를 합니까.

"근데 아빠는, 자식이 그렇게 죽어도 정부가 잘못했다고는 생각 안 할 것 아냐. 집회하지 말라는데 괜히 기어나가서 죽었다고 할 거잖아."

자식이 부모보다 먼저 죽는다는 소리가, 세상에 막돼먹은 소리가 아니면 뭡니까. 그런데도 그 애는, 자기가 흉한 소리를 한 것은 생각도 않고 그저 제 탓, 제 탓만 했습니다.

"전에 이태원 압사 사고 일어났을 때도 그랬지. 서울에 뭐 놀 만한 축제가 있어, 뭐가 있어. 그래서 이제 스무 살 좀 넘은 애들이 모처럼 축제라고, 그 전해에도 그 전전해에도 사람들 모여서 놀던 곳에 가서 놀았던 것뿐인데. 그렇게 죽은 애들을 두고도 아빠는 그랬잖아. 우리나라 명절도 아닌 것에 괜히 헛바람이 들어서 놀러 나갔다가 다들 죽었다고."

"야, 안타까워서 그런 말도 못 해? 내가 어디 나가서, 걔들 부모들 보는 앞에서 그런 말을 한 것도 아니고!"

"그게 왜 죽은 애들 탓이야. 매년 그날이면 그쪽에서 축제 하는 거, 경찰들도 뻔히 알았을 텐데. 죄다 그 대통령인지 돼먹지 못한 새낀지 경호하는 데 보내 놓고는 압사 사고가 났는데도 제때 오지도 않았어. 아빠도 알 거야. 이성이 있는 사람이면 모를 수가 없어. 근데 자기가 투표해서 뽑은 대통령 욕을 하기 싫다고, 억울하게 죽은 애들, 스물 몇 살된 애들한테 그렇게 말하지 않았어?"

딸은 지난번 대통령 선거 이후로, 제게 단단히 악감정을 품고 있었습니다. 핼러윈 데이인지 무슨 날에 이태원에서 백 명이 넘는 젊은 아이들이 사고로 죽었을 때에도, 그 애들과는 아무 상관없는 제게 트집을 잡으며 화를 낼 정도로요. 물론 제가, 대통령이 당선되었을 때 드디어 우리 집안에서도 대통령이 한 분 나오셨다고 기뻐하긴 했습니다만, 그게 자식에게 저런 말을 들어야 할 만큼 나쁜 짓이란 말입니까.

"그리고 네가 죽긴 왜 죽어."

"국회 앞으로 가면서, 계엄군 장갑차 앞에 가서 따지면서, 밤하늘에서 내려오는 군용 헬기들을 보면서 그런 생각을 어떻게 안 해? 이 계엄이라는 것을 못 막을지도 모른다, 어떤 식으로든 제6공화국은 끝장이 났다. 그럼 그다음은 어떻게 될까. 우리는 살아서 집에 갈 수 있을까. 그날 국회 앞으로 뛰어간 사람들은 다들 그 생각했을 거야. 운 나쁘면 살아서 못 돌아갈지도 모른다고. 그리고 또, 그게 위험한 일이 아니었으면 아빠는 뉴스에서 날 보고 왜 그렇게 정색을 했는데?"

"나도 처음에는 계엄이라고 해서 무슨 큰일인가, 북한이랑 전쟁이라도 하나 했다. 그런데 봐라, 그게 아니지 않아. 계엄이 아니라 계몽이라는데."

"계몽?"

"저 빨갱이 같은 야당 놈들이 대통령 하시는 일이라면 죄다 발목만 잡고 있는데. 대통령도 오죽하면 그러셨겠어!"

저는 답답해서 가슴을 쳤습니다. 생각해 보니 이태원 사건이 있기 전부터도, 딸은 꽤 오래전부터 저만 보면 트집이었습니다. 어렸을 때는 그래도 제법 애교도 부리고, 귀여운 맛이라도 있었는데. 나이가 들면서는 무슨 정치나 세상 돌아가는 이야기만 하려고 들면 자기가 세상 물정 다 아는 줄 알고 못된 소리들을 퍼부어댔지요. 애비가 마음에 안 들면 애비의 고향까지도 못마땅한 것인지, 나중에 기자로 일하는 유림이라는 친구와 둘이서 독립해 나가서 살면서부터는 자기 본적까지 바꾸어 버릴 정도였습니다.

제 고향이 무슨 오지 낙도, 아니면 전라도 어디, 그런 데면 또 모르겠습니다. 경상북도에, 어디 이름 모를 촌동네도 아니고 누가 봐도 양반의 고장이라고 알아주는 점잖은 동네 출신인데. 애비가 지방에서 태어나 대구에서 학교 나온 것이 그렇게 부끄러워서, 자기 본적까지 바꾸어 버렸을까요. 게다가 딸아이는, 제 고향에 무슨 억하심정이라도 있는 사람처럼 그쪽 동네의 학연이나 지연 같은 말만 꺼내도 무슨 몹쓸 소리를 들은 것처럼 진저리를 쳤습니다. 그러더니 지난번 대선 때는 무슨 바람이 들었는지, 제게 와서 그러지 뭡니까. 이번에 대선후보로 출마하는 야당 대표가 저와 동향 출신이라고요.

예, 솔직히 같잖아서 헛웃음이 다 나왔습니다. 학연 지연 이야기만 꺼내도 인맥으로 안 될 일을 되게 하는 부정한 사람 취급을 하더니, 내가 뻔히 야당 놈들이라면 질색하는 줄을 알면서 그런 말을 해요? 그런 데다 행정구역만 같이 묶이면 어디 다 같은 고장이랍니까? 그 사람 태어난 동네는, 말하자면 그 인근에서도 제일 한갓진 변두리 어드메예요. 거기 살던 사람들도 오래오래 그 마을에 뿌리내리고 살던 이들이 아니라, 죄 떠돌이 화전민들이었어요. 근데 그걸 자기가 급하다고, 같은 지역 출신이니 찍어 달라고 그러고 옵니까. 뱔도 없고 나이를 그만큼 먹고도 세상 돌아가는 물정도 모르는 것이.

"그래서 너도, 그 빨갱이 놈들 대통령 만들자고 이렇게 애비한테 못되게 구는 거냐? 하는 말마다 어깃장을 놓고? 애비 가슴에 못을 박으려고 대통령 탄핵시키자고 데모나 쫓아다니고? 나이가 사십이 다 되어 가면서? 이 녀석아, 정신 차려! 옛날 같으면 안기부 같은 데 끌려가서 흔적도 안 남았을 것을, 세상 좋아진 줄 알아야지!"

딸아이는 들으라는 듯 혀를 찼습니다.

"우리 작가님, 이번에 노벨문학상 받으시잖아."

"뭐?"

"왜, 이번에 노벨문학상 받으시는 분. 우리 회사에서도 그 작가님 책도 여러 권 나왔어서, 처음에 소식 듣고 정말 다들 미친 듯이 좋아했었어. 아니, 온 나라의 책 쓰고 읽고 만드는 사람들은 다들 기다려왔던 순간이었지. 언젠가는 받으실 거라고 생각하는 사람도 많았지만 그게 이번일 줄은 정말 다들 몰랐으니까."

"갑자기 너희 작가님 이야기는 왜 나와?"

"만약에 계엄이 바로 해제되지 않았으면, 작가님은 상 받으러 가서 그대로 망명하셨어야 했을지도 몰라. 아니, 어쩌면 상을 받으러 비행기를 타지도 못했을 수도 있겠지. 난 젊었을 때 계엄을 겪어 봤다는 아빠가, 왜 이렇게까지 이번 계엄에 대해서는 아무것도 못 본 척하는 건지 모르겠어. 아니, 사실은 알고 싶지도 않아."

신부님, 저는 딸이 헛소리를 하고 있다고 생각했습니다. 어려서부터 책 많이 읽고 상상력이 풍부하던 아이였는데, 결국에는 이렇게 침소봉대해서 말 같지도 않은 소리를 하는구나 싶었습니다. 딸은 그 대단하시다는 작가님께서 광주사태, 아니, 제 딸은 그렇게 말하면 질색을 했지요. 예, 그 훌륭하신 작가님이 광주 민주화운동이나 제주 4.3 학살 같은 사건들을 정면에서 다루셨다니 틀림없이 계엄군에게 끌려가 고초를 겪으셨으리라 생각하는 모양이었지만, 그래도 노벨상 아닙니까. 아무리 입바른 소리 하다가 나라에 밉보였다 한들, 노벨상 받은 작가를 설마 어쩌기야 하겠습니까. 상 받아 돌아오면 왜, 그 옛날에 올림픽 메달리스트 같은 사람들처럼 차에 태워서 카 퍼레이드 같은 걸 하겠지.

"그건 전 세계에 생중계된 내란이야. 아빠는 자꾸, 두 시간 만에 끝났으니 괜찮다고 그러는데… 내란이 끝나긴 뭐가 끝나. 사람들이 연말 지나고 설 지나고 2월달 되도록 광장에 나가도 아직도 내란 수괴는 탄핵도 안 되었고. 지금 우리 집도 두 달 넘게 싸우고 있잖아? 아빠가 자꾸 물정 모르는 소리만 하니까!"

그리고 내심 제깟 것이 죽긴 왜 죽나, 그런 생각도 했습니다. 평범한, 평범하고 선량한 국민이잖습니까. 정말로 예전에 나 젊었을 때 계엄 때도, 나가서 데모하던 대학생들, 무슨 노동 운동을 하고 다닌다는 이들, 운동권, 데모꾼들, 모난 돌들이나 정을 맞았지, 그냥 국으로 숨죽이고 조용히 살던 사람들, 가만히 있던 착한 사람들은 별일 없었어요. 그런데 무슨, 자기가 무슨 독립운동을 한다고 양심이 부르는 소리가 어쩌고, 죽을 각오를 했다고 그럽니까. 그런 건 양심이 아니라 시쳇말로 그, 중2병이지….

신부님, 저는 그렇게 정치에 관심이 많은 사람이 아닙니다. 그냥 뉴스 보고, 가끔 유튜브 좀 보고, 국회의원들이 자기들끼리 치고받고 싸우면 욕하고, 늘 당선되던 보수 쪽이 아니라 갑자기 진보 쪽에서 당선이 되면 뭐가 또 어떻게 바뀌려나 싶어서 마음이 더 조마조마하고, 나라 걱정이 되기도 하고요. 그런 걸 보면 뭐, 사람들이 말하는 보수일지도 모르겠습니다. 그런데 보수라는 게 그렇게 나쁜 것도, 젊은 사람들에게 조롱당할 만한 것이 아니지 않습니까. 보수라는 것은 나라를 지키는 것이죠. 지켜야 할 가치를 지키는 것이고. 나라에 충성하고 부모에 효도하는 것이 보수라는 것이죠. 나라가 소중하니까 태극기를 들고, 전쟁 때 우리나라를 도와준 나라가 고마우니까 성조기도 같이 드는 것이고, 나라 돌아가는 게 개개인 욕심만으로 되면 안 되는 거니까 공부 많이 하신 분들이 우리를 잘 다스리고 이끌어 주시고 부자 만들어 주십사 하는 것이지. 그런 걸 조롱하는 놈들은 나라도 없고, 은혜도 모르는 놈들이 아닙니까. 사실 저야말로, 진보랍시고 설치는 젊은 친구들을 보면 마음이 답답했습니다. 거리로 쏟아져 나와서 인권이네 평등이네 민주주의네 하는 거야 젊은 혈기에 할 수도 있는 일이라 치겠습니다. 그런데 제깟 놈들이 나라를 걱정한다며 모여서는 국민의례를 거부하고 애국가 대신 임을 위한 행진곡 같은 빨갱이 데모가를 부른다는 것부터가 말도 안 되는 짓이지 않습니까. 그야말로 나라도 없고, 부모도 없고, 우방국에 대한 은혜도 모르고, 자기들 이상이나 주의에만 맞으면 북한이나 중국 같은 놈들에게 나라를 떠다 바치고도 모르쇠

할 것 같은 놈들 아니냔 말입니까. 그런 놈들이 대통령을 두고 내란이니 외환이니 욕하고, 가방 끈 길어서 욕도 술술 나오는지 세계의 온갖 독재자들 이름을 갖다 붙이면서 조롱을 하고, 계엄을 한다더니 장군이라는 놈들이 어디 햄버거 가게에서 역적모의를 했다면서 낄낄거렸지요. 전 세계가 지켜보는 가운데 뭘 어쨌다는 둥, 인권이나 민주주의의 글로벌 스탠다드가 어떻다는 둥, 그런 뜬구름 잡는 소리만 잔뜩 해 대더니, 3월 1일이 되니까 삼일절이라면서 자기들이 무슨 독립운동가라도 된 양 거리로 쏟아져 나와서 빨갱이들이 감히 태극기까지 들고 설치지 않습니까. 얼마나 억울한 일이던지요.

계엄령 선포 얼마 전에, 군부대에서 시신 담는 영현백이나 종이 관 같은 것을 구입했다는 뉴스가 나오자, 계엄령 선포하고서 사람들을 얼마나 죽이려고 그랬느냐며 살인마 취급을 하지 않나. 예, 고해실에 들어온다고 해서 제가 누군지 정말 모르시는 게 아니라는 건 저도 압니다. 제가 저기 산업단지에서 택배박스 만드는 공장을 하는 것은 신부님도 아시지요. 사람들이 택배박스 하면 뭐 별거냐 하지만, 사람들이 택배로 사는 물건이야 매번 바뀌고 유행을 타도, 어떤 물건도 택배박스 없이는 배송이 안 되는 것도 맞지요. 장사 제법 잘되었습니다. 남들 다 죽는다고 아우성치던 코로나 때에도, 계엄령 선포했다 해제하고서 환율이 오르네, 뭐가 어떻네, 자영업자들 다들 못 살겠다던 그때에도 저희 공장은, 일이 힘들어서 그렇지 돈은 정말 안정적으로 들어오고 나가고 했습니다. 그런데 그거 아십니까. 우리 공장에서 관도 만든다는 걸. 무연고자 장례식에 쓴다고 공공기관에서 사 가는 종이 관, 우리 공장에서도 납품한다는 걸.

사실 그래요, 젊은 애들, 군대 다녀 온 애들에게 종이 관 같은 이야기를 하면, 아무리 군대라도, 또 무연고자라도 사람을 종이 상자에 넣는다니, 사람이 무슨 우체국 택배냐고 끔찍하다고 그럽니다. 좌파 놈들은 또 좌파들대로, 인터넷 극우 게시판에서 활동하는 남자애들이 1980년 광주 5.18 때 죽은 사람 관 붙들고 우는 아줌마 사진을 띄워 놓고, "택배 왔다"고 글을 쓰더라는 이야기를 굳이 하면서, 사람의 죽음을 모욕하면 안 된다는 소리도 합니다. 근데 사실 종이 관은 택배 상자처럼 재생종이를 쓰는 거고, 화장장에 넣었을 때도 잘 타서 친환경적입니다. 안 쓸 때는 접어 놓았다가 필요할 때 접어서 쓸 수 있으니 공간 활용에도 좋고요. 군부대에서 우리 공장에도 종이 관 납품에 대해서 물어봤지만, 저는 정말 이상하게 생각하지 않았어요. 군부대에서도 사람은 죽으니까요. 그런데도 우리 공장 젊은 놈들 중에, 군부대에서 견적 받아간 것 아는 녀석들이, 혹시 우리도 내란범이 될 뻔한 게 아니냐고 수군거리는 겁니다. 정말 죽을 맛이었어요.

예, 신부님. 속상했습니다. 매일매일, 속이 상하다 못해 타들어가는 기분이었습니다. 그런 거 아십니까? 자기 손으로 뽑은 대통령이 한 번 탄핵되는 것을 보았을 때에도 기가 막혔는데, 두 번이나 탄핵이 되게 생기니 억울하기까지 했습니다. 말로는 자기가 정치 전문가라면서, 중도파라면서, 늘 이기는 편 우리 편이라는 식으로 구는 유튜버 놈들은 같은 당 출신 대통령이 두 번 연속으로 탄핵이 될 정도면 그 당은 문 닫아야 하는 게 아니냐는 웃기지 않는 농담을 하며 껄껄 웃고 있었습니다. 심지어는 제가 종종 보던 보수 유튜버들도 대통령을 비난하고 있었습니다. 보수 유튜버라고, 훌렁 벗고 욕이나 하고 고래고래 소리치며 억지나 부리는 젊은 놈들 생각하시면 안 됩니다. 저는 그래도 사람이 지성이 있고 품위가 있어야 한다고 생각하는 사람입니다. 신문사 주필 출신, 기자 출신 보수 유튜버들이 말 한마디를 해도 그렇지 않습니까. 그런데 그런 사람들마저도 대통령을 비난하고, 보수 세력들이 잘못하고 있다고 말을 하고, 나중에는 야당 대표를 불러다가 인터뷰를 하고 있지 않겠습니까? 약이 오르지요, 화가 나지요. 그런 사람들이 그렇게 말을 하니까. 사람들이 야당 대표를 자꾸 좋게 보지 않습니까. 저는 그 사람이 대통령이 되는 게 싫었습니다. 내가 그래도 저 사람들 말은 믿어도 되겠다 생각했던 보수 유튜버들이 보수를 부정하는 것도 싫었습니다. 젊은 놈들이, 내가 그래도 대통령이 탄핵되는 건 좀 아니라고 생각한다고 말하면, 나를 무슨 그 사이비 목사 쫓아다니는 사람들과 비슷하게 보는 것도 싫었습니다. 나는 나라를 걱정해서 하는 말인데, 힘들여 가르쳐서 서울 보내놓은 딸이 저를 무슨 구시대의 찌꺼기처럼 보는 것도 싫었습니다. 예, 할 수만 있다면 한 방 먹여 주고 싶었습니다. 구치소에 수감되어 있던 대통령이 풀려났을 때 다들 한 방 먹은 듯했지만, 이왕이면 탄핵이 안 되었으면 좋겠다고 생각했습니다. 탄핵이 기각된 뒤 그놈의 계엄령 한 번 더 선포해서, 그동안 대통령을 욕하고 보수를 욕하던 젊은 놈들이 다들 벌벌 떠는 꼴을 한 번만 보았으면 속이 시원하겠다는 생각마저 들었습니다.

그 남자를 만난 것은 바로 그런 생각으로 머리가 꽉 차 있던 3월 30일, 일요일 오후 미사에 가던 길이었습니다.

❖

보통은 성당에 가도 아내와 함께 가니까, 낯선 사람이 말을 걸어 온다고 해서 길게 말을 섞을 일 자체가 없습니다만, 일이 그렇게 되려고 한 것인지, 그날은 좀 상황이 달랐습니다. 여고 동창 아들 결혼식이 있다면서 아내는 토요일에 미사를 벌써 다녀왔더군요. 그래서 그날은 집에서 좀 빈둥거려 볼까 하고 있는데, 아내가 제게 신신당부를 했습니다. 오후 미사 꼭 참석하라고요. 누구 말씀이시라고 제가 말을 안 듣고 버티겠습니까.

가면서 저는, 오늘은 또 신부님이 무슨 말씀을 하실까 생각했습니다. 12월 3일 이후로 신부님께서는 미사 때마다

시국에 대한 말씀을 하셨습니다. 아니, 시국뿐만이 아니었습니다. 약자를 돌보라고, 차별받고 소외되고 법의 보호를 받지 못하는 사람들을 내 이웃으로 여기라고, 이웃에 대한 사랑의 마음으로 불의를 이겨내고 독재와 맞서고 민주주의를 지켜야 한다고 거듭해서 말씀하셨습니다.

압니다, 신부님은 좋은 분이시지요. 좋은 마음으로 사랑에 대해 말씀하는 분이시지요. 하지만 저는 불편했습니다. 성당의 미사에 참석해 있는 그 시간 내내, 늘 가시방석을 깔고 앉아 있는 것 같았습니다. 대통령이 계엄령을 선포하긴 했지만 하룻밤 만에 해결된 일이니 큰 문제는 없었다고 생각하고, 대통령이 그렇게까지 잘못한 건 아닌 것 같으니 탄핵까진 되지 않았으면 좋겠다고 생각하면, 이웃을 사랑하지 않고, 독재를 찬양하고, 성당의 가르침에 어긋난 불의한 사람이란 말입니까. 저는 그날도 미사에 참석해서, 그 가시방석에 앉아 소리 없는 한숨만 쉬고 있을 생각을 하니 가슴이 답답했습니다. 그런데 그때, 웬 젊은 남자가 제게 부딪쳤습니다.

"죄송합니다. 괜찮으세요?"

위아래 단정한 검정 정장에, 차분한 회색이지만 옷감을 뭘 썼는지 부들부들한 것이 비싸 보이는 셔츠를 안에 받쳐 입은 젊은 남자였습니다. 은테 안경에 반짝거리는 시계, 그날 아침에 닦은 듯이 광택이 반짝거리는 구두까지, 아주 멋쟁이였어요. 미용실 가면 있는 남성 패션 잡지의 표지에 나와도 될 것 같은 아주 잘생긴 청년이었습니다.

"뭔가 걱정거리가 많으신 것 같은데, 잠깐 저랑 말씀 좀 나누시면 어떨까요?"

"예?"

"아, 저는 수상한 사람은 아니에요. 그런데 제가 심리학과를 나와서."

지금 생각해 보면, 어딜 봐도 수상한 이야기지요. 설마 이런 일이 일어날 거라고 상상하진 못했겠지만, 적어도 사이비 종교가 아니냐고 의심해 볼 만한 상황이었습니다. 하지만 저는 홀린 듯이 그 남자를 따라갔습니다. 가까운 커피숍에 앉아서 이런저런 이야기를 주고받다가, 문득 가슴을 답답하게 하던 그 모든 이야기들을 털어놓았지요. 요즘 같아선 성당도 못 다니겠다는 말까지요. 예, 사실은 오늘 보고 나면 다시 볼 일 없는 사람이라서 더 솔직하게 말할 수 있었을지도 모르겠습니다.

저는 남자가 저를 비웃거나, 혹은 그 또래의 다른 젊은 사람들이 다들 그렇듯이 제 말에 눈살을 찌푸릴 거라고 생각했습니다. 하지만 그는 그렇게 하지 않았어요. 한참 제 이야기를 듣다가, 문득 눈을 마주치며 물었습니다.

"만약에 평생 단 한 번 시간을 되돌릴 수 있다면, 이를테면 12월 3일, 그 전으로 시간을 되돌릴 수 있다면, 선생님께서는 시간을 되돌리시겠습니까?"

예, 신부님.

"어떤 대가를 치르더라도, 시간을 돌리고 싶습니까?"

저는 그러고 싶다고 말했습니다.

정말로 간절히, 그렇게 되었으면 좋겠다고 말했습니다. 시간을 되돌려서, 지금 저 으스대는 젊은 놈들이 모두 낭패를 겪는 꼴을 보고 싶었습니다. 애비 말이라면 콩으로 메주를 쑨대도 안 믿는 저 딸아이에게도, 계엄이건 뭐건 아비 그늘 밑에 얌전히 있으면 아무 일 안 일어나지 않느냐, 제 발로 뛰어나가서 매를 버는 사람들이 정을 맞는 것이지, 조용히 가만히 숨죽이는 사람에게는 계엄이니 뭐니 아무 상관이 없지 않느냐고, 그렇게 말해 주고 싶었습니다.

그리고 남자가 웃었습니다.

"가거라. 네가 믿은 대로 될 것이다."

그 말이 마태오 복음서에 나왔는지, 마르코 복음서에 나왔는지, 웬 백부장이 예수님께 달려와 자신의 병든 종을 낫게 해 달라고 하던 대목에 나오는 말이 아니었나 생각하며 눈을 끔뻑거리는데, 아내의 목소리가 바로 곁에서 들려왔습니다. 집에 가는 길에 마트에 들르자면서, 아내가 제 팔에 팔짱을 끼고 있었습니다.

저는 잠에서 깨어난 듯 퍼뜩 놀라 주위를 둘러보았습니다. 성당 앞이었고, 여전히 날씨는 겨울이었습니다. 저는 두리번거리다 주머니에서 핸드폰을 꺼내 날짜를 확인해 보았습니다. 아내는 제가 마지막으로 고해를 했던 그날과 다를 게 없는 모습으로, 그때와 똑같은 말을 하고 있었습니다.

"…얼마 전에 마트에 가 보니까, LED 초가 있더라고. 대림절 초를 그런 걸로 켜면 어떨까 해서 그래. 양초 켜 두는 것보다 덜 부담스럽고, 불도 안 나고."

2024년 12월 1일.

저는 정말로 과거로 돌아가고 말았습니다. 그동안 일어났던, 뉴스로 보고 들었던 일들을 대체로 기억한 채로.

"…잠깐만, 여보. 마트는 혼자 좀 가라."

"무슨 일이야, 뭐 급한 일 있어?"

"아니, 저기 박 사장… 모친상 당했다는데."

"어느 박 사장, 누구?"

"있어, 우리 거래처 중에. 좀 다녀올게."

저는 적당히 얼버무리며 아내를 따돌리고 바로 서울로 향했습니다. 고속도로에 접어들며 바로 종이 관에 대해 문의했던 장교에게 전화를 걸어, 높으신 분을 좀 뵙고 말씀드리고 싶은 게 있다고 말하는 한편, 서울에 도착하자마자 뉴스에 몇 번이나 나오던, 장군들이 계엄 모의를 했다던 그 햄버거 가게로 쫓아갔습니다. 시간이 돌아간 것이 꿈이 아니라 사실이라면, 막을 수 있는 것을 막고 싶었습니다.

예, 저는 내가 뽑은 대통령이 또 탄핵을 당하는 것이 싫었습니다. 또다시 야당에서 대통령이 나오는 것도 싫었습니다. 말하는 본새나 행동거지나 거칠고 점잖지 못한 데다, 학교도 못 다니고 공장 노동자 출신이었다는 야당 대표가 대통령은 따놓은 당상이라는 듯 으스대는 것도 싫었습니다. 그 변두리 천것들 동네 출신이 저와 행정구역상으로는 동향으로 묶이는 것조차도 못마땅했습니다. 보수라는 말이 일자무식 무지렁이나 반민주적인 적폐처럼 여겨지며 조롱거리가 되는 것도 싫었습니다. 그래서 그렇게 했습니다. 시간을 되돌렸다는 말은 차마 할 수 없었지만, 꿈에서 봤다고 말을 하자 귀를 기울여 주는 사람도 있었습니다.

물론 미친 사람 취급을 하는 사람도 있었고, 계엄의 계자만 나와도 질겁을 하며 밀어내는 사람도 있었습니다. 하지만 적어도 햄버거 가게에서 의논을 하던 장군들은 내 말을 들어 주었습니다. 꿈이라고 전제를 하더라도, 제 이야기가 앞뒤도 맞고, 충분히 일어날 가능성이 있다고 판단했던 모양이었습니다.

그리고 마침내 12월 3일이 되었습니다. 시간을 되돌리기 전과 무엇이 달라질까. 무엇이 바뀌었을까. 저는 조금 두근거리는 마음을 안고, 평소보다 늦게까지 잠들지 않고 깨어 있었습니다. TV를 켜자 정해진 그 시각에 대통령이 담화를 발표하기 시작했습니다. 시간을 되돌리기 전에는 자느라 못 들었던, 비상계엄 선포의 순간이었습니다만, 이 뉴스를 실시간으로 들었다는 사람들의 말처럼 두렵고 겁이 나진 않았습니다. 시간을 되돌리기 전, 대통령은 국회가 계속 탄핵을 하거나 예산으로 장난질을 하며 무도하게 굴었기 때문에 계엄을 선포한다고 말했습니다. 야당 좋아하는 딸아이야 그건 행정부의 폭거를 견제하는 것이고, 그런 견제를 하기 위해 삼권분립이 되어 있는 것이라고 항변했지만, 그래도 대통령은 대통령이고 나라의 대표가 아닙니까. 야당이 그런 식으로 기어오르는데 어떤 대통령이 참고만 살겠습니까.

어쨌든 대통령도, 계엄 상태가 계속 유지되면 경제도 안 좋아지고 할 테니, 적당히 야당을 혼쭐내 주고 나면 계엄이든 뭐든 곧 해제하지 않겠나 생각했습니다. 그러면 일반 국민에게는 별 영향도 없겠지요. 유튜브가 유해 사이트라며 접속이 차단되고, 인터넷 뉴스 게시판마다 당황한 젊은 녀석들이 잔뜩 겁에 질려서 우왕좌왕하는 것을 보다가, 저는 평온한 마음으로 잠이 들었습니다.

그리고 신부님께서 기억하시는 대로, 그 모든 일들이 일어나기 시작했습니다.

국회는 소집되지 못했습니다. 야당 대표도 사람들을 즉시 불러 모으지 못했습니다. 국회의장은 관저 근처에서 변사체로 발견되었습니다. 다음 날 아침이 되도록 계엄은 해제되지 않았습니다.

12월 4일 아침 뉴스에는 북한과의 교전으로 인해 계엄령이 선포되었다는 소식과 함께, 북한군이 야당 대표와 원내 대표를 납치하려 했으며, 우리 국군이 용감하게 싸워서 북한군의 야습을 막았으나 그 과정에서 야당 정치인들이 불가피하게 희생되었다는 소식이 전해졌습니다. 그리고 2, 3일 뒤, 야당 정치인들이 북한군과 내통하고 있었다, 정치와

문화 전반에 걸쳐 진보 세력들이 북한과 손을 잡고 있었으며, 지난 대통령 선거의 부정선거도 북한이 획책한 것이라는 뉴스가 쏟아져 나오기 시작했습니다. 본격적으로 전쟁이 날 것 같은 분위기가 고조되며, 우리 공장의 젊은 남직원들은 다시 군대에 끌려가는 게 아니냐고 두려워했습니다. 대통령을 비판하는 목소리는 여전히 여기저기에서 들려왔지만, 그 목소리에는 조심스러운 두려움이 묻어 있었습니다.

솔직히 이렇게까지 일이 커질 거라고는 생각하지 않아서 조금 무더워지기도 했지만, 저는 아무 말도 하지 않았습니다. 퍼뜩 겁이 날 때마다 저는 시간을 되돌리기 전의 기억들을 떠올리며, 이 모든 변화가 제게 그렇게 나쁜 일은 아닐 거라고 생각하려 애썼습니다. 저는 모난 돌이 아니니까요. 가만히 입 다물고 몸 사리고 있으면 아무 일도 일어나지 않을 테니까요. 야간 통행금지령이 발령되고, 야간에 이동하려는 사람은 통행증과 차량 운행 허가를 별도로 받게 되면서, 사업을 하는 사람들에게는 불편한 일도 생겼습니다만, 저는 별말 하지 않았습니다. 영원히 그러진 않겠거니, 때 되면 풀릴 일이겠거니 하고 넘어갔습니다. 군부대와 종이 관 납품 계약을 정식으로 맺게 되었으니, 당분간 아무리 경기가 나빠져도 우리 공장은 큰 타격을 입지 않으리라 생각했습니다.

"유림이가 실종됐어."

하지만 큰일은, 제가 모르는 사이 제 딸 가까이 다가와 있었습니다.

"12월 3일 밤에 계엄 소식 듣고서, 유림이네 편집장이 유림이보고 국회로 가라고 했어. 야당 의원들이 평소에도 계엄이 터지면 어떻게 국회로 모일지 연습하고 있었다고, 가서 그 현장을 취재하라고. 근데 유림이가 도착했을 때, 계엄군이 국회의원들과 국회 직원들을 에워싸고 있었대. 국회를 지키던 경찰들이 돌변해서 국회의원들을 때리고 있었고, 경찰 닭장차에 싣고서 전부 끌고 가 버렸대."

"무슨 그런 말도 안 되는 소리를 하는 거냐. 지금이 어떤 세상인데, 말조심을 하지 못하고."

"포고령에 모든 언론과 출판은 계엄사의 통제를 받는다고 했지. 그건 기자가 기사를 써도, 계엄사령부 보도검열단의 승인을 받아야 발행할 수 있다는 뜻이야. 유림이가 쓴 기사가 보도검열단에 올라갔고, 그리고 유림이가 사라졌어. 내가 아는 건 거기까지야."

유림이라는 아이는, 제 딸과 대학 다닐 때부터 늘 붙어다니던 단짝이었습니다. 우리 집에 놀러와서도 어머님, 아버님 하면서 얼마나 살갑게 굴었는지 모를 아이였습니다. 그런데 기자라고 입바른 소리를 하다가 사라지다니요.

"뭔가 사정이 있겠지, 그렇지 않고서야…"

"…사복경찰 같은 사람 둘이서 유림이를 차에 처넣고는 그대로 끌고 갔다는 말을 들었어. 퇴근길이었는데. 바로 그

직전에 나한테 전화했었어. 자기 오늘 기사 잘 쓴 것 같다고. 요즘 시국에 자기네 회사 자체가 위험할 것 같은 기사이지만, 그런 걸 기사로 쓰지 않으면 기자라고 할 수도 없다고. 자기 오늘 기분 좋으니까 지하철역 앞에서 치킨 포장해서 얼른 갈 건데, 밥솥에 취사 버튼 눌러 놓고 기다리라고 했었단 말야."

가슴이 쿵 하고 내려앉는 것 같았습니다. 하지만 제게 급한 것은 남의 딸이 아니라 내 딸의 안위였습니다.

"아빠 말 잘 들어. 너 괜히 유림이 찾는다고 위험한 데 돌아다니지 말고, 그냥 가만히 있어. 괜히 데모 같은 거 한다고 밖으로 나돌아다니지 말고."

"아빠."

"민주주의니 계엄 철폐니 독재 타도니, 다 좋지. 좋은 말인데, 그런 건 내 자식 아니어도 할 사람 많아. 네가 그런 것 안 해도 누군가 할 거야. 하고 있어. 너까지 안 해도 돼. 무슨 말인지 알겠어? 제발 그냥 국으로 가만 있으라고! 독재니 뭐니 해도, 나라에서 시키는 대로 질서 지키면서 가만히 있었던 사람한테는 아무 일도 안 일어났어! 역사가 그래!"

"아빠, 말도 안 되는 소리 하지 마."

딸은, 지금까지 제가 살면서 들어 본 적도 없는 싸늘한 목소리로 말했습니다.

"가만히 있으라고? 가만히 시키는 대로 있으면, 죽기밖에 더 해?"

"넌 대체 어디서 이상한 사상을 주워 먹어서 그렇게 생각이 극단적이야?"

"10년 전에, 무서운데도 가만히 있으라는 방송 듣고는, 어른들 말씀대로 질서 지키고 있으면 구해줄 거라고 믿었던 애들, 꾹 참고 가만히 기다리던 고등학생들은 가라앉는 배에서 나오지도 못하고 죽었어. 그 애들은 지시에 따른 것뿐인데도, 그때 아빠가 뭐라고 했어. 가만히 있으라 한다고 정말 가만히 있느냐고 뭐라고 했지! 수학여행 가다가 죽은 애들을 나라 구하고 죽은 듯이 애도한다고 욕하고, 그 애들 가족 앞으로 보상금은 얼마나 나온다더라는 그런 말이나 했으면서!"

"아니, 그건… 남들도 다 그렇게 말을 해!"

"아빠는 그런 말 하는 사람들하고 살아. 나는 유림이 찾으러 갈 거고, 주말마다 계엄 철폐 시위도 나갈 거니까."

"야, 윤성은!"

"당분간 전화하지 마. 아빠 목소리 듣고 싶지도 않아."

"넌 사람이 걱정을 하는데!"

"지금도 사람들은, 국회의원 절반이 끌려가 텅 비어 버린 국회 앞으로, 광화문 앞으로, 종로로, 을지로로, 그리고 각자 자기 사는 지역의 시청이며 도청 앞으로 모이고 있어. 모여서 뭘 하는 것도 아니고, 잠깐잠깐 서성거리다 돌아올 뿐이라도 그렇게 해. 꽃을 갖다 두거나, 국회 담장에 파란색 리본을 묶거나 담장 아래에 촛불을 켜고 오기도 하고,

스티커 같은 것을 뽑아서 나누는 사람도 있어. 가끔은 깃발이나 손 팻말 같은 걸 들고 소리를 지르다가 경찰이나 계엄군에게 두들겨 맞고 끌려가는 사람들도 있어. 다들, 계엄 시기에 조심해야 하는 걸 몰라서 그러는 게 아니야."

저는 전화를 붙들고 악을 쓰듯 소리쳤습니다. 위험한 것을 모르는 것도 아니라며 왜 그러냐고, 왜 바람 불면 바람 부는 대로 풀이 눕듯이 납죽 엎드려 있질 못하냐고, 네가 무슨 독립 투사냐고요. 전화 저편에서 딸이 나직하게 웃는 소리가 들렸습니다.

"아빠, 그건 양심이고 의무 같은 거라고 생각해."

바로 그런 웃음 소리를, 시간을 돌리기 전에 들었던 적이 있었던 것 같았습니다.

"그런 것 관심 안 가져도 살 수는 있지만, 무섭다고 아예 눈 질끈 감고 있으면 평생 꿈자리가 사나울 것 같은 것 말이야. 아빠 같은 사람은 평생 가도 모르겠지만."

❖

뉴스 속의 한국은 평화로웠습니다. 태평천하도 그런 태평천하가 없을 것 같았습니다.

유튜브는 차단이 풀렸습니다. 유튜버들은 농담 따먹기로 일관한 영상들을 올렸고, 무속인들은 대통령이 나라를 다시 세울 영웅이라며 장기 집권, 나아가 종신 집권을 해야 한다는 영상들을 올렸습니다. 좌파 유튜버들의 계정은 전부 차단이 되었는지 보이지 않았고, 정부에게 비판적이던 언론사의 유튜브도 마찬가지였습니다. 인터넷에서는 그 누구도, 계엄 상황을 비판하지 않는 것처럼 보였습니다.

하지만 저의 삶은 더 이상 태평하지 못했습니다. 우리 직원이 예비군 훈련을 갔다가 그대로 군대에 차출이 되었습니다. 이웃집에 살던, 슬하에 유치원 다니는 아이를 둔 젊은 부부도 갑자기 계엄군에 끌려갔습니다. 들리는 말로는 두 사람 모두 야당의 골수 당원이었는데, 북한과 내통을 했다고들 했습니다. 회사 다니며 유치원생 키우느라 북한이 아니라 처갓집에 전화하기도 쉽지 않았을 그들 부부가 무슨 수로 북한과 내통을 할 수 있었을까 싶었지만, 소문은 그렇게 났습니다. 엄마 아빠가 눈 앞에서 끌려간 어린아이가 며칠을 쫄쫄 굶다가, 그래도 자주 인사하던 이웃집 할아버지 할머니라며 우리 집 문을 두드렸는데, 우리는 도대체 그 문을 열어 줄 수가 없었습니다. 문 열어 주고 그 어린 것한테 밥이라도 차려 주었다가 무슨 사달이 날지 알 수가 없어서요. 그게 크리스마스이브였습니다. 신부님, 그제서야 저는 신부님 말씀이 떠올랐습니다. 약자를 돌보고, 이웃을 사랑하는 것이 불의를 이기고 독재와 맞서는 일이라고 말씀하셨지요. 저는 그 독재가 무서워서, 불의가 무서워서, 예수님이 태어나신 그날에 철 모르는 여섯 살 아이를 외면하고, 며칠을 굶었을 그 아이에게 밥 한 그릇 퍼 주지 못한 못

난 인간이었습니다. 누군가는 그 아이에게 밥을 퍼 주었겠지요. 누군가는 우는 아이의 눈물을 닦아 주고, 내일 일은 내일 생각하자며 우선 따뜻한 잠자리에 눕혀 주었겠지요. 그렇게 믿고 싶었지만, 저는 그러지 못했습니다. 그것이 평생 제 꿈자리를 사납게 할 거라는 딸아이의 말이 뒤늦게 날아와 꽂혔습니다. 아내는 그 일을 고해라도 해야 살겠다며 그주 주말에 성당에 갔다가 저더러 먼저 집에 가라고 했습니다. 아마 그 사람, 신부님께 그 일을 고해하긴 했을 겁니다. 저는, 그 일을 입 밖에 낼 용기조차 없었습니다. 문을 열어 줘야 하나 주저했던 것은 아내였고, 안 된다고 고개를 가로저은 것은 저였는데도, 저는 하느님 앞에 고해조차 하지 못했습니다.

12월 31일이 되었습니다. TV에서는 제야의 종소리가 울렸고, 화려하게 입은 가수들과 배우들이 상을 주고 받으며 행복한 표정을 짓고 있었습니다. 우리 부부는 말이 없었습니다. 그저 맥주와 안주 조금을 가져다 놓고 멍한 얼굴로 TV를 바라볼 뿐이었습니다. 아내는 TV를 바라보다가 먼저 자리에서 일어났습니다. 세상이 이렇게 이상하게 흘러가는데, TV 속에서는 다들 아무 일도 없는 것처럼 웃고 즐기는 게 영 이상하다고 했습니다. 저도 사실은 그랬습니다. 아내가 먼저 방으로 들어가고, 저는 딸에게 전화를 걸었습니다. 당분간 전화도 하지 말라고 했지만, 그래도 딸에게라도 말하지 않으면 견딜 수 없을 것 같았습니다. 그 크리

스마스이브의 일을요. 그건 딸아이가, 저 같은 사람은 평생 가도 모를 거라고 했던 양심의 목소리 같은 것이었을까요.

하지만 딸은 전화를 받지 않았습니다.

그날도, 그다음 날도요.

며칠이 지난 뒤에, 흉흉한 소문이 돌기 시작했습니다. 12월 31일 밤에 수많은 사람들이 광화문으로, 경복궁으로, 종각으로 모였다고요. 그리고 계엄군의 헬기들이 나타나 그 사람들을 전부 쏴 죽여 버렸다고요. 광화문 역 앞의 서점을 비롯하여 여러 낯익은 건물들의 유리가 다 깨진 사진들과, 뉴스에서 종종 보았고 일하다 보면 그 앞을 지나가기도 했던 광화문과 종로의 거리들 사이로 헬기들이 낮게 날며 기관총을 쏘는 짤막한 영상들이 돌기 시작했습니다. 그 영상 속에서 누군가의, 마지막까지 총성을 묻어 버릴 듯 필사적으로 외치는 여성의 목소리가 들렸습니다.

"시민 여러분, 지금 광화문에 계엄군이 쳐들어오고 있습니다. 사랑하는 동지들이 계엄군의 총칼에 죽어가고 있습니다."

딸아이의 목소리는 아니었습니다. 하지만 저는 그 목소리 속에서 그 애의 목소리를 들은 것만 같았습니다.

"우리는 민주주의를 사수할 것입니다. 언젠가 반드시 승리할 것입니다. 시민 여러분, 우리를 잊지 말아 주세요."

문득 서늘한 생각이 가슴을 찌르고 지나갔습니다. 군부대에서 크리스마스 직전에 우리 회사에 추가 발주했던 종이 관은, 광화문에서 그들이 죽일 사람들을 담기 위한 것이었을까요. 내 딸은, 우리 성은이는, 우리 공장에서 만든 종이 상자에 담긴 채 어디론가 실려가 영영 찾지 못하게 된 것일까요. 어쩔 줄 몰라 하며 딸과 유림이가 살던 집으로 향했습니다. 이 집 살던 사람 아빠라고, 아이가 소식이 없어서 이렇게 찾아왔다고 하자, 열쇠집 사장은 딱한 표정으로 저를 쳐다보았습니다.

"여긴 젊은 사람들이 많이 사는 동네라서 자주들 오세요. 요즘 그렇게 흔적도 없이 사라진 젊은 사람들이 아주 한둘이 아닙니다."

문이 열렸습니다. 여자 둘과 고양이 한 마리가 살던 집에, 굶주린 고양이 한 마리만이 남아 있었습니다. 우리 애 성격에, 나가기 전에 고양이 밥을 넉넉히 주고 나갔을 텐데. 그래도 고양이는 어쩐지 살집이 마른 채로 저와 열쇠집 사장을 쳐다보았습니다. 저는 고양이에게 손을 내밀었습니다. 고양이는 제 손을 할퀴며 그대로 밖으로 뛰어나갔습니다. 평생 집 안에서 살았던 고양이가, 밖에 나가면 어떻게 되는 걸까요. 비밀번호를 바꾸고, 화이트보드에 적혀 있던 비상 연락처를 보고 유림이 부모님께 집 비밀번호를 알려드리고는 밖으로 나왔습니다. 경찰에 신고해야 하는 건지, 아니면 아이를 찾으러 광화문에 가 보기라도 해야 하는 건지, 뭘 해야 할지 알 수가 없어서 그저 골목길을 서성거리는데, 유림이 어머니에게서 메시지가 왔습니다.

계엄 후 실종된 사람들에 대한 대책위원회가 있다고요.
세월호와 이태원 참사의 유가족들이 돕고 있다고요.

유림이 어머니는 친절하게도 대책위원회 연락처까지 알려 주셨지만, 저는 접속해 볼 수도, 차마 연락을 해 볼 수도 없었습니다. 저는 그 사람들을 볼 때마다, 자식 앞세운 불쌍한 사람들인 건 알겠는데 언제까지 나라 탓만 하려는 건지 모르겠다고 생각했었습니다. 그런데 이제 와서 제가 그들의 도움을 받는다니요. 그동안 제가 했던 생각들은 둘째 치고서라도, 제가 그 불쌍하다고 생각했던 사람들과 같은 꼴이 되는 것이 참을 수가 없었다면 이해하시겠습니까. 저는 정말로, 제가 그 '자식 앞세운 불쌍한 사람'이 되었을지도 모른다는 사실을 받아들일 수가 없었습니다. 저를 이 꼴로 만들어 버린 제 딸아이가 원망스러울 지경이었습니다. 그러니까 그냥 가만히 있을 것이지, 나대지 말고 웅크리고 있을 것이지. 자기가 뭐라도 되는 줄 알고 그렇게 설쳤을지. 그날 광화문에 모인 사람들은 계엄군 추산으로 만 명, 영상을 분석했다는 사람들 말로는 200만 명 가까이 되었다고 했습니다. 제가 군부대에 팔았던 종이 관이 200만 개나 되진 않았으니, 아마도 종이 관에 들어간 것은 어디의 당대표, 어디의 국회의원, 시의원, 구의원, 교육감 같은 이름 있는 사람들일 테고, 그렇게 시위하다가 죽었을 수많은 사람들은 그냥 쓰레기차에 실려서 어딘가에 갖다 버리고 끝난 것은 아닐까요. 이름도 없이, 아무것도 없이. 그렇다면 제 딸은, 대체 무엇을 위해 이 세상에 태어났다가 사라진 것일 까요.

유림이 어머니께 들었던 말씀 중 그나마 위로가 되었던 것은 가톨릭 사제단이 광화문에서 위령미사를 올렸다는 이 야기였습니다. 신부님, 어쩌면 신부님도 그곳에 계셨을까 요. 그곳에서 제 딸을 위해 기도해 주셨을까요. 저는, 모르 겠습니다. 하지만 딸아이의 집에 갔다가 다시 돌아오면서 저는 겨우 마음을 먹었습니다. 이 모든 이야기를 하느님께 털어놓아야겠다고. 시간을 돌린 일이 악마의 장난이든, 혹 은 저의 착각이든 간에, 하느님만은 이 이야기를 온전히 들 어 주실 것이라고. 그렇게 믿고 싶었습니다.

하지만 제가 동네로 돌아와, 집으로 향하기 전 성당에 들 렀을 때, 저는 뭔가 크게 잘못되었다는 것을 깨달았습니다. 성모상 앞에 켜져 있던 촛불들이 엉망이 되어 있었습니다. 본당의 스테인드글라스도 몇 개 깨져 있었습니다. 불안한 마음으로 계단을 오르는데, 등 뒤에서 뭔가 터지는 듯한 소 리가 나더니 불에 덴 듯한 통증이 엄습했습니다. 손바닥으 로 피가 쏟아지는데, 이젠 죽었구나 하는 생각이 들었습니 다. 뒤를 돌아 볼 자신도 없어서 그대로 본당 건물 안으로 뛰어들었습니다. 그 와중에도 집으로 갔다간 큰일이 나겠 구나, 아내까지 잘못되겠구나 하는 생각이 앞섰습니다. 가 만히 있었는데, 튀어나온 못이나 모난 돌처럼 굴지도 않았 는데, 대체 어째서 이런 일에 휘말리게 되는 것인지 원망마

저 들었습니다. 허우적거리며, 문득 생각했습니다. 신부님을 뵙게 되면 숨겨 달라고 해야지. 저 옛날 독재정권 때도, 데모하다가 쫓기는 사람이 있으면 위로는 추기경님부터 아래로는 시골 성당의 부제님까지도 모두 위험을 무릅쓰고 숨겨 주셨다는데. 저처럼 아무 짓도 안 했는데 무고하게 총을 맞은 사람이면 당연히 도와주시겠지. 다리에 힘이 풀려 비틀거리면서도, 저는 그 희망만으로 복도 안쪽의 고해실로 향했습니다.

예, 신부님. 신부님은 그곳에 계셨습니다.

누군가의 고해를 들으시던 중이었는지, 보랏빛 영대를 목에 거신 채로.

검은 사제복 위에 걸친 흰 제의는 피를 빨아들여 붉게 변해 있었습니다. 하느님께 버림받는 것이 이런 기분일까요. 저는 비틀거리며 신부님께 다가갔습니다. 저는 정말로 알 수가 없었습니다. 대체 이 모든 것은 어디서부터 어긋난 것이었을까요. 눈앞이 흐려지고, 서 있는 것조차 어려웠습니다. 저는 또 얼마나 피를 흘린 것일까요. 제게 이 다음의 기회라는 것은 있는 것일까요.

아니요, 제게 그런 기회가 있을 리가 없다는 것을, 저는 누구보다도 잘 압니다. 제가 아무 짓도 하지 않았어도, 그들이 쏜 총에 맞고 피를 흘린 이상 계엄군은 제가 죽었다 깨어나도 저를 죄 없이 선량한 시민으로 보아 주지 않을 것입니다. 제가 아무 짓도 하지 않았기에, 아무 짓도 안 하다

못해 죄 없는 어린아이마저 외면해 버렸기에, 저는 주님의 눈에 그분의 뜻을 따라 선량하게 이웃을 사랑한 이가 될 수 없을 것입니다. 제가 할 수 있는 일은 마지막으로 제 죄를 털어놓고 그 무게를 조금이라도 덜어 놓는 일, 그 하나뿐이라, 이미 하느님 품에 드셨지만 아직은 온기가 남아 있는 그 손을 붙잡고, 이 모든 일들을 고백합니다. 이웃을 사랑하지 않은 것을, 젊은 아이들의 죽음을 대수롭지 않게 여기고, 자식 잃은 부모의 고통을 보고서도 제가 그들처럼 불쌍한 사람이 되긴 싫다는 생각만 했던 어리석음을, 부모 잃고 굶주린 아이에게 밥 한 끼를 내어주지 못한 것을, 옳은 일을 위해 분연히 나서지 못하고, 그 일을 하려는 제 아이를 어리석다 여긴 것을, 그저 누군가가 미워서, 누군가가 대통령이 되는 게 싫어서, 내 판단이 그릇된 것을 남들이 조롱하는 것이 싫어서, 그런 이유로 악의 꾐에 넘어간 것을, 섭리를 무시하고 시간을 되돌린 것을,

이 밖에 알아내지 못한 죄도, 제가 모르는 저의 죄들도 모두, 용서하여 주십시오.

◦ 작가의 말 ◦

 계엄이 선포되고, 국회의원들이 담을 넘어 국회로 모이고, 시민들이 국회 앞으로 달려가던 그 밤에, 나는 아이를 재우다가 소식을 듣고 일어나서 밤을 새웠다. 당장 국회로 갈 수는 없더라도, 적어도 무슨 일이 일어나는지 밤새 지켜보아야 했다. 어떤 결말이든 그것은 제6공화국 체제의 죽음이었고, 만약 계엄을 막으려는 누구라도 저곳에서 목숨을 잃는다면 그것은 평생의 죄책감으로 남을 것이었다.

 국회가 계엄을 막아낸 그 밤부터 꼬박 넉 달 동안 주말 오후를 거리에서 보내며 때때로 생각했다. "어떻게 죽을 것인가"를. 최애캐 깃발을 만들고 중간중간 입금하고, 빈정거리고 농담을 하면서도, 그 생각은 패딩에 달라붙은 머리카락처럼 자꾸만 튀어나왔다. 깃발과 응원봉을 휘두르던 많은 이들이 민주주의를 위해서, 자신에게 부끄럽지 않기 위해서, 또는 저마다의 이유를 되새기며 추위에 맞서고 크고 작은 각오들을 되새겼으리라. 하지만 그 순간에도 어떤 이들은 여전히 고장난 녹음기들처럼 떠들어댔다. 별일도 아니라고, 두 시간짜리 계엄이 어디 있냐고, 국회를 한번 혼내주려고 한 것뿐이라고, 사실은 야당 쪽이 진짜 내란 세력이 아니냐고.

 안다, 그런 말을 하던 사람들은 이 소설을 읽지 않고, 읽더라도 자기 이야기인 줄 모른다. 어쩌면 이 소설은 두려워하면서도 거리로 나왔던 사람들에게 불필요한 고통만 안겨주는 이야기일지도 모른다. 그래도 나는 어쨌든 쓰는 사람이라서, 아직 탄핵이 되기 전인 3월 마지막 주에, "뭐, 탄핵이 안 되면 손가락 한 개 더 날리는 거지." 하고 흉흉한 농담을 하며 이 글을 마무리했다. 손가락도 무사하고 책도 무사히 나올 수 있어서 다행이다.

PS) 쓸 때는 매운 맛이었는데, 계엄 전후의 진실이 밝혀질수록 소설이 순한 맛이 되는 것 같아서 그게 좀 괴롭다.

# 킹메이커

곽재식

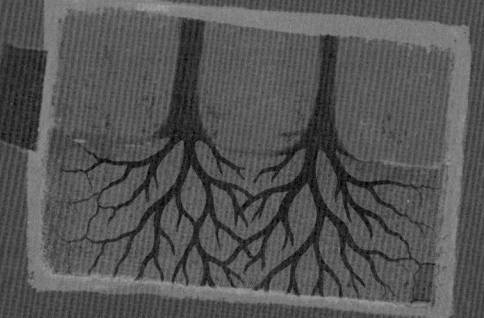

회의는 길어지고 있었지만 뾰족한 수는 없었다.

"이렇게 차이가 아슬아슬한데 패배한다면 너무 아쉬울 것 같은데요."

"아슬아슬한 것은 아니지. 여론 조사 결과 차이가 딱 넘어서기 어려운 정도로 나오고 있으니까. 그러니까 아슬아슬하다기보다는 예측 추정상으로는 패배하는 예상이라고 봐야지."

"그렇지만 숫자 차이가 이렇게 적게 나는데요. 너무 아쉽잖아요."

"그냥 숫자 차이가 눈으로 보기에 적어 보이는 것뿐이잖아. 어지간한 확률 추세로는 극복이 안 되는 차이인 것은 맞고."

"후보님. 후보님께서 이렇게 먼저 힘 빠지는 말씀을 꺼내시면 어떡합니까?"

"그래도 후보가 제일 냉정하게 상황을 말해 주어야 일하는 사람들이 똑바로 방향을 잡지 않겠어요?"

회의에 참여한 사람들은 여론 조사 결과와 여론 조사 결과를 토대로 계산한 예측 추정 자료를 다시 한 번 바라보았다. 결과는 차 후보의 말 그대로였다. 언뜻 보면 상대방 후보와 큰 차이가 나는 숫자는 아니었다.

그렇지만 분명 그 차이는 쉽게 극복해 볼 수는 없는 선명한 차이였다.

이대로 선거가 진행되면 패배한다. 격차를 약간 따라잡을 가능성은 있을 것이다. 그렇지만 상대방 후보도 가만히 있지는 않을 것이다. 격차가 도리어 약간 벌어질 가능성도 분명히 있다는 뜻이다. 결국 남은 선거 기간 동안 온힘을 다해서 갖가지 무리를 하면서 별별 노력을 기울여 애를 써 보겠지만 그 결과가 패배로 돌아올 가능성이 높다. 그 가능성을 표현하는 숫자들이 굉장한 무게로 회의실의 모든 사람들을 짓누르고 있는 듯했다.

"상대 후보가 유명하고 언론 주목을 많이 받는 편이잖아요. 그 양반이 괜히 기자들 많이 모인 무슨 행사에 나갔다가 크게 말실수라도 한다면 어떨까요? 그러면 우리한테 기회가 확 오는 거잖아요."

"그 사실을 우리만 아는 것은 아니지. 부자 몸조심한다는 속담이 있잖아. 상대 후보도 최대한 조심할 거라고. 이대로만 가면 그 양반이 이기는 걸 다 알아. 작지만 분명한 차이로 당선된다고. 그런데 굳이 이상한 행사에 나가서 무리한 소리를 하려고 하겠어? 말 한 마디라도 계산된 말이 아닌 말은 최대한 안 하려고 사릴 거고. 표정 하나도 계산 안 된건 기자들한테 촬영 안 되도록 몸을 사릴 거라고."

"그래도요. 혹시 모르잖아요."

"혹시는 혹시일 뿐인 것이고."

그것으로 회의는 마무리되었다. 실없는 농담처럼, "저쪽 후보가 부정 타서 실수하라고 무슨 굿이라도 해야 하나."라고 누가 한마디하기도 했는데, "아서라, 그런 짓 했다고 소문 나면 우리만 더 망한다."고 말리는 사람의 목소리도 들렸다.

"그래도 이번 선거에서 좋은 모습을 보이면 그게 쌓여서 다음 선거에서는 더 좋은 성과를 보일 수가 있을 테니까. 그것을 생각하면서 노력하자고."

후보는 그 정도로 말하면서 회의를 정리했다.

그런데 회의가 끝나고 참가한 사람들이 모두 흩어져 나가는데, 전략 담당 비서가 나가지 않고 남아 있었다. 비서는 낮은 목소리로 후보에게 말했다.

"저, 후보님. 이럴 때, 제가 한번 찾아가 보면 좋을 거라고 해서 예전에 그… 선배님 아시죠? 그 선배님께서 말씀해 주신 분이 한 분 있거든요?"

"이럴 때가 어떨 때인데? 그리고 누구 이야기를 들었는데?"

"아마 후보님께서도 전설 비슷하게 도는 이야기를 한 번은 들어 보신 적 있을 겁니다."

"전설? 무슨 전설? 무슨 이야기?"

"그, 왜 들어 보셨을 걸요. 도 박사라고요."

"도 박사?"

"네. 도 무슨 박사인데, 공학박사라던가 수학을 전공한 박사라던가 그래서 사람들이 그냥 도 박사라고 부르던 사람이 있었고, 그 도 박사한테 선거 앞두고 부탁을 하면 기가 막힌 해결책을 준다, 뭐 그런 이야기 들어 보신 적 있으실 걸요."

도 박사. 그 세 글자를 듣자 차 후보는 쉽게 할 수 있는 이야기는 아니라고 판단했다. 후보는 비서에게 바닥을 가리키는 손짓을 했다. 지하 주차장에서 만나자는 뜻이었다.

8분 후, 지하 주차장의 출장용 차량에서 기다리고 있던 비서 앞에 후보가 나타났다. 적당히 멀리 떨어진 곳에 사람들을 만나고 민심을 둘러본다는 핑계를 대고 온 길이었다. 사실은 비서와 함께 차를 타고 가며 대화를 하기 위해 시간을 내는 방편이었다.

후보가 말했다.

"그 도 박사라는 사람 말이야. 나도 전에 들어 본 적이 있거든. 그런데 그 사람, 왜 그 전형적인 선거판에 나오는 사기꾼 같은 사람 아니야? 옛날 옛날 제1공화국 시절부터 왜 그런 사람들 있었잖아. 선거철 되면 무슨 풍수쟁이라던가, 지관이라던가 하면서 나타나서 '후보님 조상 묫자리가 후손이 벼슬에 오를 수 없는 자리라서 후보님이 국회의원이 못 되는 겁니다. 내가 찍어 놓은 아주 좋은 명당자리로 조상님 묫자리를 이장하면 후손이 벼슬에 오를 운이 이는데 그러면 바로 당선되어서 국회의원이 될 수 있습니다.' 뭐 그딴 이야기 하면서 돈 달라고 달라붙거나 하는 사람들이 있다는 이야기."

"그런 사람에게 돈 많이 집어 주면 주위에서 비판도 나오고 문제도 생기겠죠."

"그렇지. 그래서 요즘에는 아예 풍수쟁이라는 사람들이 돈을 받지도 않고 명당자리를 추천해 주기도 한다잖아. 어차피 누구 국회의원이 자기가 말한 자리로 못자리 바꾼 다음에 당선되었다는 소문이 퍼지면 그 거래 이력이 좋잖아. 자기를 그렇게나 믿을 만한 사람이라고 소개하기도 좋고, 내가 찍어 주는 명당은 진짜 명당이라서 국회의원도 믿는다고 신뢰감도 줄 수 있고. 그러고 나면 일반인들 대상으로 못자리 봐준다면서 그때부터는 큰돈 받고 장사할 수 있게 되는 거니까."

"그러면 서로 편하기는 하겠네요. 후보 입장에서도 나중에 들킨다고 해도 '진짜로 진지하게 거래한 게 아니라 돈도 안 주고받았고 그냥 유권자 만나는 차원에서 두루두루 여러 사람 만나다 보니까 그중에 풍수쟁이도 있었다.'고 둘러댈 수도 있을 거고요. 풍수 보는 사람 입장에서도 국회의원이 떨어진다고 해도 돈을 받고 한 게 없으니까 욕 먹을 것도 없이 그냥 적당히 넘어갈 수도 있을 거고요."

"그렇지."

후보는 고개를 끄덕였다. 비서는 도청이 걱정되는지 차 안에 틀어 놓은 음악 소리를 조금 높였다. 그리고 다시 말했다.

"그런데 도 박사는 전혀 그런 부류의 사람이 아닌 것 같아요. 그 사람은 노골적으로 자신의 서비스를 이용하라고 아예 합법적으로 돈을 달라고 한대요. 그것도 꽤 많이 달라고요. 그리고 그렇게 하고 나서는 분명히 되는 쪽으로 일을 처리해 준다던데요."

"무슨 수법을 쓰는 사람인데? 혹시 테러라든가 유언비어 뿌리는 일 하는 사람인가?"

"그렇게 단순한 방식으로 일하는 것 같지는 않고요. 불법적인 일도 안 하고요. 어떻게 일하는지는 잘 안 알려져 있는데 하여튼 일을 제대로 맡기기만 하면 효과는 확실하다고 하더라고요."

"그렇게 효과가 확실한 사람이면 왜 너도나도 다 그 도 박사인가 뭔가 하는 작자에게 몰려가서 도와달라고 안 하는 건데?"

"10년 전인가에 마지막으로 일을 하고, 돈을 벌 만큼 충분히 벌었다고 생각해서 은퇴했다고 하더라고요. 그때부터는 아무도 도 박사에게 연락을 할 수도 없고 어디에서 뭘 하고 있는지도 아무도 모른대요."

"전형적인 사기꾼 이야기 느낌인데. 그렇게 알 수 없는 게 많은 사람을 우리가 어떻게 믿어. 그리고 믿는다고 하더라도 어떻게 그런 사람에게 연락을 해서 일을 맡길 수가 있겠냐고. 그렇잖아?"

비서는 바로 답을 하지 않고 잠깐 머뭇거렸다. 후보가 답을 재촉할 때 즈음이 되기 직전에 비서는 다시 말하기 시작했다.

"그래서 후보님, 우리들이 지금 후보님 남편에게 가고 있는 거예요."

"뭐? 남편? 남편이 아니라 전남편이지. 걔한테는 왜?"

"후보님 전남편이신 김 의원님이 처음 국회에 발을 들일 때, 그게 도 박사가 마지막으로 일을 한 거라는 소문이 있었어요."

"야, 그래서 지금 김 의원 만나러 간다고? 이건 아니야. 걔가 당선된 건 무슨 전략과 전술도 아니고 명당이나 주술 때문도 아니야. 김 의원은 그냥 철새 짓을 엄청 잘한 거야. 그래서 당선된 거라고. 걔 별명이 제비인 거 몰라? 나랑 내 친구들은 다 걔를 제비라고 불렀다고. 매년 겨울철만 되면 지역구를 강남으로 바꿔서 강남에 나간다고."

"그런데, 김 의원님이 도 박사와 마지막으로 일한 정치인인 것은 사실인 것 같거든요."

비서와 후보는 몇 마디 더 대화를 나누었다. 후보는 계속해서 반대 의견에 가까운 말을 내어놓았다. 그렇지만 도 박사 이야기를 처음 들은 순간부터 어떻게든 만나 보겠다는 생각이 든 것도 사실이었다.

결국 후보와 비서는 '음악중심'이라는 별명으로 알려진

어느 묘하게 널찍한 사무실을 찾아가게 되었다. 세상에 아는 사람이 많지 않은 김 의원의 비밀 사무실이었다.

악명에 비해서는 소박한 공간이었다. 전체적인 모습은 뻐근하게 파티를 벌이고 있는 무슨 EDM 클럽과 비슷한 분위기이기는 했다. EDM은 아니었지만 울려 퍼지고 있는 음악도 근사했다. 그렇지만 아주 많이 제정신이 아닌 사람들은 별로 없어 보였다. 이 정도면 그럭저럭 욕이 많이 나올 만한 풍경은 아니었다. 당장 체포하거나 병원으로 실어 가야 할 사람도 눈에 뜨이지는 않았다.

"이런 곳인 줄은 몰랐는데요."

"소문은 들었을 거 아냐. 김 의원, 얘가 노는 거 엄청 좋아하는데 국회의원 된 다음부터는 사람들 많은 데서 못 놀게 되었다고 맨날 징징거렸거든. 그래서 걔가 나랑 이혼한 뒤에는 아예 이런 걸 자기가 직접 차렸다고. 그리고 몰래 이러고 놀고 자빠지고 있는 거지."

후보는 처음 와 보는 곳이었다고 했는데도 굉장히 익숙하게 길을 찾아갔다.

후보는 곧 영화 속 클럽에서 항상 악당 두목이 낄낄거리며 앉아 있는 자리로 나오는 것과 굉장히 비슷하게 생긴 장소를 하나 찾아 냈다. 그곳에 바로 김 의원이 있었다.

"어, 이게 누구야? 우와! 네가 내 초대에 진짜로 응할 줄은 몰랐는데."

김 의원은 짐짓 반가워하는 듯이 후보를 보고 웃어 보였다. 아직 별로 늦은 시간이 아니었는데도 그의 웃음 속에는 상당한 도수의 알콜이 녹아 있는 것 같아 보였다.

"네 초대에 응한 게 아니고, 일 때문에 온 거거든."

"너를 만나서 함께 시간을 보내는 것은 언제나 항상 나의 일이지."

"야, 너는 좀, 그렇게 네 딴에는 재치 있는 말이라고 하는 사리에 닿지 않는 말 좀 안 하고 닥칠 순 없냐. 진짜 그런 말버릇만 아니었더라도 너하고 이혼하는 거 서너 시간은 더 참아 줄 수 있었을 거 같은데."

"그러는 너도 항상 말하는 표현이 재미있어. 아, 문학적이야!"

이후에도 잠시 동안 후보와 김 의원은 오랜만에 만난 이혼한 부부들이 인사 대신에 주고받는 욕과 저주의 단어들을 나누었다. 비서가 보기에는 이 정도면 지나치게 과하지도 않고 그렇다고 너무 적지도 않은 적절한 수준의 인사치레인 것 같았다.

이야기가 본론으로 진행되자, 김 의원은 더 즐거워했다.

"그래서 나한테, 도 박사를 소개시켜 달라고?"

"그것까지는 아니고. 도대체 도 박사라는 사람이 믿을 만한 사람인지 우선 좀 이야기를 해 달라는 거지."

"내가 왜 그런 식으로 널 도와줘야 하는데?"

"너도, 나도, 같은 당원 동지 아니야? 정치적인 의무가 있잖아."

"조금은 더 개인적인 의무로 이야기해 볼 수는 없을까?"

"나하고 개인적으로 얽히고 싶은 일이 있으면 뭐든 변호사를 통해서 하시고."

별 재미난 이야기 같지도 않았는데 그 말을 듣고 김 의원은 굉장히 재미있어하면서 웃었다. 그리고 술과 안주를 좀 더 가져다 달라고 주위에 말했다. 후보와 비서에게도 무슨 술과 무슨 안주를 먹을 것인지 한참을 물었다. 그러고 나서 새 술이 도착하자 그것을 한 잔 마시고 나서, 그는 도 박사 이야기를 시작했다.

세간에 알려진 대로 김 의원은 도 박사의 마지막 고객이었다. 그렇다고 정말 맨 마지막 고객이었다는 확실한 증거는 없었다. 그때 선거에서 도 박사에게 일을 맡긴 정치인들이 너댓 명 있었는데 그중에 한 명이 김 의원이었던 것은 사실이다. 김 의원이 하필 맨 마지막 고객이라는 소문이 돈 것은 도 박사에게 수고비로 워낙 많은 돈을 주었기 때문이었다.

"완전 당했어. 절대 그렇게 돈 많이 줄 필요는 없었는데. 뭐, 아깝지는 않아. 일을 확실하게 했으니까."

김 의원은 자기 자신을 비난하는 후회의 말을 하고 있었는데도 어째 기분이 좋아 보였다.

"그때 내 문제가 뭐였냐면, 나는 철새 정치인이라고 나쁜 인상이 지나치게 강하게 있었거든."

"뭐가 지나쳐? 정확한 인상이지."

"아니야 그때 정말 심했다고. 심지어 내가 철새 정치인이라고 해서 제비라는 별명으로 나를 부르는 사람도 있었다고 하더라고. 너무하지 않아? 그에 비해서 상대 후보는 아주 무난하고 조용한 사람이었어. 그래서 딱 달라 보였지. 격차가 크지는 않았어. 그런데 그래도 분명히 격차가 있기는 있었지. 그걸 꺾기가 너무 어려웠던 거야."

그때 선거 구도 자체는 크게 나쁘지는 않았다. 차 후보와 김 의원의 소속 당에서 당선자도 괜찮은 숫자로 나오는 편이었고 전체석인 시역구 분위기도 당에 나쁜 편은 아니었다고 한다. 그런데 단 한 가지, 김 의원이 심각한 철새 정치인이라는 한심한 이미지가 그 자신의 발목을 잡고 있었다.

"그게 발목을 세게 잡고 있는 것도 아니었어. 그러면 포기했지. 그냥 살짝 발목을 잡고 있는 거야. 무슨 무거운 쇠사슬이나 밧줄이 발목에 묶여 있는 느낌도 아니야. 그냥 가벼운 낚싯줄 같은 게 발에 걸린 느낌이야. 그렇지만 거기에 내가 고꾸라져서 선거에 지는 거지. 이게 얼마나 속 터지고 안타깝고 아쉽냐고."

"뭐가 아쉬워? 네가 평소에 철새 짓을 하다가 그렇게 된 건데. 누구를 탓해?"

"철새는 계절을 탓하고 기후를 탓하고 하늘을 탓하는 거지. 나는 바람을 타고 하늘을 나는 정치인이잖아."

"그게 뭔 소리야?"

김 의원은 다시 술을 마시며 엉뚱한 소리를 하면서 한참을 웃었다.

그때 김 의원은 이런저런 궁리를 하고 생각을 하다 보니 선거를 앞두고 모든 것을 바쳐서라도 반드시 이겨야겠다는 결심을 하게 되었다고 한다. 그래서 무리를 해서라도, 아무리 많은 돈을 들여서라도 자신의 한계를 뒤집어 줄 수 있는 방법을 찾기로 했다.

"내가 돈을 왕창 쓰겠다고 하니까 별별 놈들이 다 찾아왔거든. 처음에 나 찾아온 놈들은 완전 이상했어. 매일 밤마다 계속 신곡을 발표하면서 춤과 노래로 퍼포먼스를 하면 특이해서 눈에 뜨일테니 지지율이 올라갈 거라고 하는 놈도 있었고. 매일 만 명씩 유권자와 악수하기 챌린지를 해서 연속 챌린지 열 번 성공을 하면 크게 화제가 될 거라는 놈도 있었지. 할아버지 묫자리를 이장하라는 사람도 있었고, 벼슬 운을 가져오는 갓바위 산신령에게 치성을 드리면 지지율 2퍼센트에서 3퍼센트는 뒤집을 수 있다는 사람도 있었고. '민주주의의 승리'라는 말을 혈서로 쓴 다음에 그것을 포토카드처럼 만들고 빵하고 같이 포장해서 포켓몬 빵처럼 만들어서 어떻게 합법적으로 판매하는 길을 찾으면 그게 신선한 충격을 줄 수 있어서 지지율이 급상승한다는 놈도 있었고."

"매일 만 명씩, 열 번이면 10만 명과 악수를 해야 하는데. 그게 된다고?"

"몰라. 자기가 어떻게든 악수할 사람은 섭외해 줄 것 같았는데. 자세한 건 안 물어봤어. 그런데 하여튼 그딴 식으로 해서 당선이 되겠냐?"

김 의원의 말에 따르면 그러고 있는데 다른 사람들보다도 유독 훨씬 더 비싼 금액을 요구하는 도 박사라는 사람이 나타났다고 한다.

"도 박사라는 사람은 좀 다르더라고. 훨씬 확실한 방법을 제안하는 것 같았어."

"뭘, 어떻게 제안했는데?"

김 의원의 말에 따르면 도 박사는 젊은 사람, 더 정확하게는 나이 어린 사람 몇 명을 자기편으로 포섭했다고 한다.

"젊은 층에게 어필하라, 뭐 그런 거야? 너무 뻔한데."

"아니. 하나도 안 뻔해. 도 박사는 젊은 유권자에게 인기를 얻으려고 한 게 아니야. 그리고 젊은 유권자를 많이 끌어들이려고 애쓴 것도 아니야. 걔는 투표권도 없는 중학생? 고등학생쯤 되는 애들 몇 명에게 환심을 사야 된다고 하더라고. 아니면 투표권이 있다고 해도 굉장히 어리고 할 일 없는 사람들 중에 몇 명을 딱 짚더라고. 숫자도 많지도 않아. 한 서너 명 정도?"

"서너 명쯤 되는 젊은 학생을 섭외해서 걔들에게 돈 주고 우리 후보에게 좋은 이야기를 해 달라고 한다는, 뭐 그런 거야?"

"아니, 아니, 전혀 아니라니까. 무슨 인기 있는 애들에게 돈 주면서 소문내 달라고 한다던가 그런 게 아니야. 영향력이 강하거나 주위에서 좋은 평판을 받는 인기 있는 사람들에게 말을 많이 전해 달라는 식으로 일을 한 게 아니야. 전혀 아니라고."

"그럼 뭔데?"

"도 박사는 할 일 없이 컴퓨터 앞에 오래 앉아 있기만 하는 애들을 찾아내려고 했어. 그리고 그중에서도 인터넷의 위키위키 백과사전 방식 사이트를 끝없이 붙들고 있는 걸 좋아하는 애들을 찾아서 걔들을 우리 쪽에게 유리하게 끌어들이려고 했다고. 결코 돈 주고 노골적으로 도와달라고 하는 방식으로 일을 하지도 않았어. 아주 은근하고도 간접적으로 법에 안 걸릴 정도로만 움직였다고."

"그게 무슨 말인데?"

"도 박사가 그러더라고. 요즘 한국인들의 정신 세계를 바꾸려면 어떻게 하면 되는 줄 아느냐. 한국 사람들 전부가 인터넷에서 뭐가 검색해 볼 때 참고하는 단 하나의 웹사이트. 위키위키 방식으로 운영되는 그 웹사이트 내용에 그냥 아무 말이나 써 두면 그걸 전부 다 믿는다는 거야. 방송에서 유명한 사람이 한마디하거나, 언론사에서 굉장한 신문 사설을 써 내면 영향력이 있다거나, 그 분야에서 오래 연구한 학자가 결과를 발표하는 게 사람들에게 영향을 끼치는 게 아니라는 거야. 어떤 전자제품을 망하게 하고 싶다고 치자고. 그러면 어떻게 하면 되는 줄 알아? 그냥 다들 인터넷 검색하면 맨 윗 줄에 뜨는 그 위키위키 방식 웹사이트에다가 '21세기 최악의 망작 전자제품'이라고 첫 줄에 써 놓으면 다들 그걸 그냥 믿는다는 거야."

김 의원은 설명을 이어 나갔다. 위키위키 방식의 웹사이트는 누구나 편집하고 수정할 수 있다. 물론 대부분의 사람들은 그런 웹사이트에 굳이 내용을 입력하는 수고를 하지 않는다. 그렇지만 몇몇 사람들은 정보를 정리해 올려놓는 데 애정을 느끼곤 한다. 그리고 어떤 사람들은 그런 분야에 정리된 지식을 올리면서 자신이 정말로 객관적인 시각에서 중립적인 정보를 쓸모 있고도 재미있게 써 놓는다는 점에서 강한 자부심을 느끼기도 한다고 했다.

"도 박사는 그 자부심을 인정해 주고 높이 사 주는 방식을 쓴다고 하더라고. 그러면 돈 한 푼 안 쓰고 우리 편으로 만들 수 있다는 거야. 오히려 돈을 쓰면 잘못하면 여론 조작이나 불법 선거 운동이 되니까 위법이지. 우리 쪽 사람들이 직접 웹사이트 내용을 조직적으로 수정하려고 들어도 시빗거리가 될 수 있고."

위키위키 형태의 사이트는 누구나 수정할 수 있기 때문에 의견이 충돌하는 일이 생기면 수정하는 사람들 간에 시비가 붙을 수 있다. 그러면 토론도 하고 토론이 끝없이 길게 이어지기도 하고, 한 사람이 수정하면 다른 사람이 또 되돌려 놓는 식으로 계속 수정하면서 다툼이 벌어지기도 한다.

이럴 때 특별히 다른 하는 일 없이 몇 시간이고, 며칠이고 컴퓨터 앞에 붙어 있으면서 자기 의견을 내세우고 계속 수정하려고 애쓰는 그런 사람이 있다면, 그 사람의 의견대로 결국 수정은 마무리되기 마련이다. 아무리 훌륭한 전문가나 영향력이 큰 사람이 글을 수정하려고 들어도 인터넷 토론에만 인생을 바치는 사람을 이길 수는 없다. 글 수정하는 데만 매달리는 할 일 없는 젊은이 한 사람을 당해 낼 수 있는 전문가는 없다.

"그래서 결국 어떻게 되었냐면, 상대 후보 소개하는 페이지 맨 윗 줄에 '총선 최고의 문제와 논란을 불러들인 후보'라는 한 줄 소개 글이 추가되었다고. 우리가 직접 손을 쓴 게 아니야. 도 박사가 키워 놓은 애들이 그 한 줄을 끼워 넣은 거지. 그때만 해도 이런 웹사이트의 내용이 정말로 얼마나 영향력이 큰지, 한두 사람이 그런 웹페이지 내용만 조금 바꿔 놓으면 한국인들의 사상을 다 조종할 수 있다는 걸 생각하지 못하던 때였거든. 그래서 다들 그냥 그걸 내버려뒀다고."

"그렇게 해서 졸지에 상대 후보에 대해 잘 모르던 사람들은 인터넷 검색 결과만 보고 그냥 무난한 후보였던 그 사람이 뭔가 문제가 있는 사람이라고 생각하게 됐다는 거야?"

"그게 전부가 아니야. 요즘은 기자들이나 방송 만드는 사람들도 다 그 위키위키 형태로 운영되는 그 웹사이트들을 참조하잖아. 그러니까 이게 파급 효과가 있더라고. 한 줄

글이 올라가고 며칠 지나가니까 정말로 언론사에서도 상대 후보도 뭔가 문제가 있는 것 같은 시각으로 보도하는 게 공정한 것처럼 분위기가 움직이더라고. 나만 철새 후보가 아니고 그 상대 후보도 약간은 문제가 있다는 식으로 판이 슬슬 바뀌는 거야."

김 의원은 그때가 생각나는지 굉장히 기뻐하는 얼굴로 변했다. 차 후보가 딱 싫어하는 표정이었다.

"그 상대 후보 쪽에서는 아무 대응을 안 해?"

"대응을 했지. 그런데 완전 잘못 대응을 했지."

"어떻게?"

"자기 쪽 선거 운동하는 사람들을 배치해서 인위적으로 그 위키위키 사이트의 글을 계속 고치도록 시도했거든. 그러다가 괜히 여론 조작한다, 위키 반달리즘이다, 중립적이지 않은 글을 쓰려고 의도적이고 조직적으로 시도한다 어쩌고 하는 분란을 일으켰지. 무슨 법 위반이나, 무슨 법 위반 소지가 있다 어쩌고 해서 소송도 엄청 당했고."

"그리고?"

"그리고는 무슨 그리고. 그 덕택에 내가 당선이 되었다는 거지."

거기까지 들었을 때 차 후보는 마음을 굳혔다. 차 후보는 앉은 자세를 바꾼 뒤 김 의원에게 좀 더 가까이 다가갔다.

"좋아, 지금 도 박사에게 연락을 하려면 어떻게 해야 하지? 은퇴해서 연락하기가 쉽지 않다고 들었는데."

"내가 알려 줄게. 내가 도 박사한테 정말 돈을 엄청 갖다 바쳐서 개가 나하고는 마지막까지 연락을 했거든. 애프터서비스가 필요한 무슨 문제가 생길 수도 있고 하니까. 그래서 조건 하나만 맞춰 주면 내가 연결해 줄게."

"무슨 조건?"

"나랑 다시 결혼해 주면."

그 말을 듣고 차 후보는 바로 일어났다. 그리고 비서에게 말했다.

"혹시 권총이나 도끼나 아무거나 살상 무기 있으면 얘 그냥 지금 없애 버려."

"네? 권총이요?"

비서가 머뭇거리는 동안 후보는 방을 나갔다.

후보가 나간 후, 비서는 김 의원과 다른 방법으로 협의를 거쳤다. 어떤 협의를 거쳤는지는 생략하도록 하겠다. 여기서는 차 후보와 김 의원 양쪽 모두의 명예를 생각하여 김 의원이 결국 차 후보의 뜻을 따를 수밖에 없는 국면으로 협의가 진행되었다는 정도만 짚어 두기로 한다.

다음 날, 차 후보는 중고 거래 앱을 켰다.

"두바이로 날아가는 스카이 호텔 클래스 표를 사서 당근에 올려놓으라고?"

"김 의원이 그러는데, 그게 약간 암호 같은 신호래요."

스카이 호텔 클래스는 비행기 1등석 자리를 더 넓게 개

조해서 비행기 안을 아예 호텔 방처럼 사용할 수 있을 정도로 큰 공간을 주는 표를 말했다. 비행기 자리인데 침대와 소파는 물론이고 샤워실까지 갖추어져 있을 정도로 큰 비행기 자리였다.

그 표를 사서 중고거래 앱에 올려놓으면 도 박사가 그 표를 사 가는데, 사 간 뒤에도 돈은 100원인가밖에 입금을 안 해 준다고 한다. 그러면 그게 도 박사가 만남을 허락했다는 뜻이다.

"그럼 어디서 도 박사를 만나는데?"

"같은 비행기를 타야죠. 그리고 1등석에 그 비행기 표 스카이 호텔 클래스 자리로 가면, 거기에 도 박사가 타서 기다리고 있는 거라고 합니다."

"왜 이렇게 극적인 연출을 좋아해? 뭐, 자기가 제임스 본드야, 뭐야?"

막상 두바이로 가는 비행기에 타고 안전벨트 등이 꺼진 뒤에 도 박사라는 사람의 자리에 가 보니 제임스 본드와 비슷해 보이지는 않았다.

도 박사는 차 후보와 비슷한 연배의 여성이었는데, 오래전부터 활약했다는 전설에 비해서는 의외로 그렇게 노회하거나 잔인해 보인다거나 하지는 않아 보였다.

"정말 반갑습니다."

비서가 조금 호들갑을 떨며 도 박사에게 인사를 건넸다. 도 박사도 상당히 예의 바른 수준의 호들갑으로 후보와 비서를 대했다. 인사를 나누는 일이 끝나자마자 바로, 자기가 할 일의 가격이 얼마나 되는지부터 먼저 말했다는 점만 제외하면 이 바닥에서 만나는 여러 다른 전문가들 평균보다는 훨씬 더 건실해 보이는 사람 같았다.

"가격은 각오했던 정도입니다만, 어떤 식으로 저희를 도와주실 것인지 구체적으로 말씀해 주셔야 저희가 계약을 할 수 있을 것 같습니다. 지난번에 다른 분과 일하시던 것처럼, 사람들이 많이 찾는 인터넷 웹페이지 내용을 우리에게 유리한 쪽으로 바꾸는 방식을 쓰시는 건가요?"

"그 방법은 옛날 방법이죠. 그리고 저는 은퇴했잖아요. 은퇴하면서 그런 일은 안 하기로 했고요."

후보가 도 박사에게 물었다.

"그러면 은퇴했는데 저희들 일은 하려고 하시는 이유는 뭡니까?"

"저도 시험해 보고 싶은 게 있거든요. 요즘 제가 꾸미고 있는 일이 방향이 맞는지 어떤지 이번 기회에 확인해 보고 싶어서요."

"그러니까, 제가 이번에 임하는 선거가 도 박사님께는 호기심을 풀어볼 기회, 뭔가 심심해서 시험을 해 볼 기회라는 그런 뜻입니까?"

"아니 아니, 뭘 또 그렇게까지 말씀하세요."

도 박사는 꽃잎에서 떨어지는 빗방울 같은 웃음을 지었다. 그리고 바로 말을 이어 나갔다.

"저는 충분히 될 만한 일이라는 생각을 갖고 있는 일이에요. 제가 지금 도와드리지 않으면 다른 방법으로는 선거에서 이길 좋은 수가 없으시잖아요?"

후보는 도 박사의 질문에 답할 수 없었다. 비서가 대신 물었다.

"박사님께서 시험하시고 싶은 일이라는 것은 뭐죠?"

도 박사는 차 후보와 비서의 눈을 번갈아 바라보았다.

"지금은 사람들이 인터넷에서 글자를 읽지 않아요. 어지간히 선거판이 심각해진다고 해도 이제는 자기가 찍는 후보에 대해서 뭘 많이 검색해서 찾아보려고 하지도 않고요. 그나마 화젯거리가 많이 되는 후보들끼리의 싸움이면 그런 일도 있을 텐데, 지금 우리 차 후보님은 그런 상황도 아니죠. 그래서 예전처럼 사람들이 많이 보는 웹페이지에 무슨 말을 띄운다는가, 신문이나 방송을 조작한다고 해도 딱히 우리 차 후보님이 유리하도록 상황을 바꾸기가 어려워요. 사람들이 신문이나 방송을 애초에 보지를 않으니까요. 그리고 요즘 워낙 덕지덕지 이상한 법이 많아져서 그런 쪽으로 잘못 건드리면 여론을 조작했다고 소송당하기 십상이기도 하고요."

차 후보가 도 박사에게 물었다.

"그러면 요즘 사람들은 뭘 봅니까?"

"요즘 사람들은 인터넷으로 10초, 20초짜리 자동차 사고 날 뻔했는데 아슬아슬하게 피해서 살아 남는 영상 같은 걸 보죠. 그런 걸 100개씩, 200개씩 한 시간이고 두 시간이고 보죠."

"그래서요?"

"선생님을 홍보하는 영상과 상대 후보를 찍기 싫어지게 하는 영상을 만들 거예요. 그리고 그걸 아주 많은 사람들이 아주 여러 번 보게 만드는 거죠."

비서가 대화에 끼어들었다.

"어떻게요? 인터넷 동영상 회사에 뇌물을 주나요? 해킹을 하나요? 아니면 합법적으로 돈을 주고 광고를 하는 방법을 쓰나요?"

"그런 게 아니에요. 그런 일을 하시려면 저를 찾아오지는 않으셨겠죠. 게다가 요즘 법은 굉장히 복잡하다니까요. 뭐든 우리 쪽에서 직접 움직이려고 하면 여차하면 소송당해서 걸릴 거라고요."

"그러면 어떻게 하죠?"

"어떻게든 우리가 영상을 잘 만들어서 굉장히 많은 사람들이 그 영상을 볼 수밖에 없게 해야겠죠."

후보가 물었다.

"어떻게? 어떤 영상을 만들어야 사람들이 그렇게 많이 보게 되는 거죠?"

그때 승무원이 나타났다. 도 박사는 마치 자신이 우리에게 은혜를 베푸는 것처럼 그 승무원이 나누어 주는 샴페인을 마시라고 권했다.

도 박사의 말에 답하지 않고 비서가 물었다.

"어떤 영상을 만드는데요? 자극적이고 강한 내용이 많은 영상? 많은 사람들이 몰려드는 커뮤니티에서 유행할 것 같은 그런 소재를 다루는 영상? 그러니까 떡밥을 무는 영상? 아니면 굉장히 인기가 많은 인플루언서가 우리 영상을 소개해 줄 수 있도록 짜야 하는 건가요?"

비서의 말에 후보가 덧붙였다.

"아니면 MZ 세대가 좋아할 만한 유행을 따라서 뭔가 웃기게 영상을 만들어야 하나요?"

그 말에 도 박사는 소리를 내어 웃었다.

"아니죠. 아니죠. 절대 아니죠. 그리고 제발, 후보님. 정치인이 어디 나와서 MZ 세대라는 말을 한 번 할 때마다 젊은 층 유권자의 지지율이 1퍼센트씩 떨어진다는 포브스의 조사가 있거든요. 절대, 절대 그 단어는 발음하시지 말기로 해요. 우리."

"그럼 뭔가요?"

비서가 말했다. 도 박사는 샴페인을 한 모금 마시고는 대답을 시작했다.

"인기 있는 사람에게 잘 보여서 그 사람이 내 영상을 소개해 주면 잘 된다는 건 정말 옛날식 사고 방식이에요. 사람들 사이에 우두머리가 있어서 그 우두머리가 날 당겨 주면 내가 잘 될 거라는 그런 정말 낡디낡은 방식이죠. 인플루언서가 나를 밀어 주면 내가 인기 있어질 거다? 그런 건

높은 사람에게 잘 보이고 대단한 사람에 충성하면 일이 잘 풀린다고 생각했던 조선 시대, 고려 시대, 더 나아가서 동굴에서 무리를 이루고 모여 살던 원시인들 습관이거든요."

"그러면 역시 사람들이 많이 모이는 인터넷 커뮤니티 사이트에서 우리 영상이 유행을 타게 해야 하는 건가요?"

"그것도 아니죠. 여러 사람이 모이는 공간에서 다수에게 인기를 끌면 된다는 것은 좀 더 근대적인 발상이기는 하죠. 조금 민주적, 뭐 그런 냄새가 나는 발상이기도 하고. 그렇지만 요즘은 그게 잘 되는 시대도 아니거든요. 사람들이 가장 자주 보는 영상은 따로 있다고요. 우리는 그 기회를 잡아야 돼요. 거기에 뽑혀야 우리 영상이 뜨는 거라고요."

"사람들이 무슨 영상을 많이 보는데요? 커뮤니티에서 유행하는 영상? 유명한 사람이 한 번 보라고 추천해 주는 영상? 그런 건 아니라면서요. 무슨 영상을 사람들이 제일 많이 본다는 이야기예요?"

"한 번 직접 생각해 보세요. 우리 비서님은, 또 우리 후보님께서는 인터넷 동영상 중에 어떤 걸 제일 많이 보나요?"

비서는 생각에 빠졌다. 도 박사의 질문에 먼저 대답한 쪽은 차 후보였다.

"제가 가장 많이 보는 영상은 알고리즘이 추천해 주는 영상이죠. 그중에 골라서 찍고 들어가서 보는 게 가장 많은 것 같은데요."

"빙고."

도 박사는 다시 아까처럼 소리 내어 웃었다. 같은 웃음소리였는데도 이상하게 다르게 들렸다.

"시간 때우려고 인터넷으로 영상을 보는 사람들은 항상 인터넷 동영상 회사의 컴퓨터 프로그램이 추천해 주는 영상을 가장 많이 봐요. 절대 다수의 사람들이 다 마찬가지예요. 그 말은 우리가 만드는 영상이 인터넷 동영상 회사의 컴퓨터 프로그램이 잘 추천하는 형태가 되기만 하면 사람들은 우리 영상을 많이 보게 될 수밖에 없다는 거죠. 우리는 높은 사람, 영향력 있는 인플루언서, 여론을 형성하는 다수의 눈에 들어야 되는 게 아니에요. 그럴 필요가 없어요. 그게 아니라 동영상 회사의 컴퓨터 프로그램의 눈에 들어야 되는 거라고요."

"알고리즘을 잘 타야 된다?"

"조금 더 적극적인 표현을 써 보자면 컴퓨터 프로그램에게 최대한 잘 보이기 위해 애쓰고 프로그램이 우리를 잘 봐주면 우리는 인기를 얻어서 성공할 수 있는 거예요. 조선 시대에 국민들이 뭘 보고 무슨 이야기를 들을지는 임금님이 정해 주었죠. 20세기에는 언론사에서 국민들의 마음을 조종할 수 있었죠. 그랬다면, 요즘 사람들의 눈과 귀에 뭘 넣어 줄지를 정하는 것은 인터넷 동영상 회사의 인공지능 프로그램이라고요. 거기에 줄을 잘 서는 게 바로 우리 작전입니다."

비서는 잠깐 할 말을 잃은 것 같았다. 그에 비해 후보는 바로 도 박사에게 되물었다.

"그러면 어떤 영상을 만들어야 우리의 인공지능 알고리즘님에게 잘 보일 수 있는 겁니까? 역시 무조건 웃긴 영상? 아니면 무조건 짧은 영상? 요즘은 사람들이 웃기고 가볍고 짧은 영상을 많이 본다고 하니까 역시 인공지능 알고리즘은 그런 영상을 위주로 추천을 할 테니까, 그렇게 만들어야 할까요?"

"아니죠. 아니죠."

도 박사는 고개를 좌우로 흔들었다.

"그런 게 정확하게 사람 위주로 문제를 생각하는 거예요. 우리가 노리고 있는 인터넷 동영상 회사의 컴퓨터 알고리즘은 그렇게 간단하게 동작하지는 않아요. 많은 사람들이 어떤 영상을 자주, 오래 보는지, 그리고 어떤 영상을 보는 사람들이 광고를 많이 보고 광고를 믿는지를 분석해서 그런 영상을 자꾸 추천해 주려고 하거든요. 우리는 그 규칙성을 알아내서 그 규칙에 맞는 영상만 만들면 되는 거예요. 그리고 저는 그 인공지능의 규칙성을 따라가는 효과적인 방법을 몇 가지 찾아 냈거든요."

"예를 들면?"

"예를 들면 이런 거죠. 이번에 새로 나온 아이돌 신곡 노래가 갑자기 엄청나게 조회수 폭발한 것 아시죠? 그리고 새로 나온 트로트 가수 노래도 최근에 정말 조회수 많이 나온다고 인기였고요."

비서가 말했다.

"우리 후보님이 아이돌로 분장을 하고 노래를 부르시거나 트로트를 부르셔야 한다는 건가요?"

"아니죠. 내용은 그냥 하시고 싶은 좋은 이야기를 아무거나 하시면 돼요. 대신 아이돌 신곡 뮤직 비디오와 트로트 가수 노래의 공통점을 갖는 리듬을 찾아 낸 다음에 그 리듬을 배경음악으로 영상에 깔아 놓는 거에요. 노래를 직접하실 필요는 전혀 없어요. 아이돌 노래나 트로트를 배경음악으로 깔아 놓을 필요도 없고요. 사람이 아니라 컴퓨터 프로그램이 인식하기에 요즘 인기 있는 영상에서 나오는 리듬과 공통점이 있는 리듬이 이 영상에도 계속 깔려 있다는 것만 찾아내게 해 주면 되는 거죠."

"그런 게 먹히나요?"

"아름답죠. 그제 조회수가 1억이 나온 영상이랑 어제 조회수가 1억이 나온 영상이 있는데, 그 두 영상의 공통점을 갖고 있는 영상이 오늘 나왔다? 이 회사 컴퓨터 알고리즘은 그 영상을 엄청나게 추천해 줍니다."

"그러니까 동영상 추천 알고리즘에게 일종의 어뷰징을 걸자는 거네요."

"어뷰징 같은 말은 좀 그렇고. 조금 더 겸손한 표현을 써야 하지 않을까요? 인공지능 프로그램의 입맛을 최대한 맞춰 주기 위한 경쟁에서 우리가 무슨 수로든 이겨야 한다고 말해 보면 어떨까요? 저는 이런 방법도 갖고 있어요. 보통 인터넷 동영상 보고 물건 충동구매 잘 하시는 분들이 건강 식품 같은 것 많이 사시거든요. 건강 식품 관련 영상이 광고 수입이 좋다는 거죠. 그래서 후보님도 영상을 만드실 때 그냥 아무 이유 없이 중간에 건강 식품 이야기를 영상에서 좀 하신다면 요즘 효과가 좋게 나타납니다. 일단 알고리즘이 광고로 잘 연결되는 영상이라고 판단하고 노출을 많이 시키거든요."

후보와 비서는 잠시 말이 없어졌다. 도 박사는 샴페인을 다시 한 모금 마셨다. 그리고 다시 말했다.

"이것 말고도 제가 분석에 성공한 몇 가지 방법이 더 있어요. 그 방법을 총동원해서 우리 후보님의 인지도를 높이고, 좋은 인상을 주고, 상대 후보에게 꺼림칙한 느낌을 줄 수 있는 영상을 세상 모든 사람들이 보게 할 거예요. 그러면 최소 8퍼센트 정도는 지지율을 높일 수 있어요. 그러면 선거를 뒤집을 수 있어요. 야, 너무 재미있지 않겠어요?"

후보는 생각에 빠졌다. 도 박사는 말을 이어 나갔다.

"옛날에는 예술가들이 평론가들에게 좋은 평을 들으면 성공하게 된다고 그렇게 평론에 신경을 많이 썼다고 하지 않습니까? 20세기에는 방송사 PD들에게 잘 보이면 가수나 배우가 성공할 수 있다는 이야기도 많이 있었고요. 그런데 요즘의 예술가들과 정치인들은 모두 인터넷 동영상 회사의 컴퓨터 프로그램에 잘 보여야 성공할 수 있습니다. 인공지능 프로그램에게 완벽하게 아부해서 단시간 안에 이렇게까지 정확히 파고들 수 있는 기술을 확보한 곳을 찾는 것은 쉽지 않아요. 그리고 저는 제가 갖고 있는 분석 결과가 정말로 현실을 바꿀 수 있는 생각인지를 우리 후보님과 함께 실험해 보고 싶은 거고요."

후보가 말했다.

"이게, 이래도 되는 건가요?"

도 박사는 미소를 지었다.

"요즘은 세상이 다 이렇습니다. 민주주의잖아요? 세상의 흐름을 따라가야죠. 지구상 거의 대부분 나라에서 무엇이 유행인지, 사람들이 뭘 좋아하게 될지, 사람들이 뭘 싫어하게 될지 정해 주는 것은 미국 캘리포니아의 어느 바닷가 중소도시에 있는 인터넷 동영상 회사의 컴퓨터 프로그램입니다. 그냥 까만색 컴퓨터 서버가 쌓여 있는, 네모반듯하고 별로 크지도 않은 건물이지만, 거기가 역사상 존재했던 어떤 거대한 제국의 황제 궁전보다도 더 많은 사람들의 정신을 다스릴 수 있는 궁전 같은 역할을 하는 거 아니겠어요?"

결국 이어진 선거에서 차 후보는 아슬아슬한 차이로 경쟁 상대 후보를 꺾고 당선되는 데 성공했다.

그 역전극을 두고 언론에서는 "유권자 개개인의 마음을 맞춤형으로 파고든 막판 뒷심이 힘을 발휘해서 MZ 세대들의 지지를 특히 많이 끌어왔다." 어쩌고 하는 식으로 분석하는 이야기가 나왔다. 하지만 차 후보의 선거 대책 본부에서는 아무도 그 말을 믿지 않았다.

당선된 후 얼마간의 시일이 지나고 나서 차 후보는 비서와 함께 다시 한 번 도 박사를 만나러 간 적이 있다. 이번에 도 박사는 부산에서 하와이까지 가는 크루즈 여객선 표를 사 달라고 했고 그 여객선 갑판 위에 있는 개인 수영장으로 찾아오라고 이야기했다.

차 후보는 도 박사에게 정식으로 자기와 같이 일해 보면서 이제부터 제대로 나라를 바꿔 보고 세상을 바꿔 보는 일을 하자고 부탁했다. 그러나 도 박사는 단숨에 제안을 거절했다. 그러면서 이런 설명을 덧붙였다.

"게다가, 이제 제 수법이 잘 통하지도 않을 거예요. 그게 마지막 실험이었다고 봐야 돼요. 저희가 이런 식으로 선거를 이겼다는 걸 아는 사람들은 다 알고 있기도 하고요. 이제는 세상의 모든 정치인들이 동영상 회사의 컴퓨터 프로그램 알고리즘 마음에 들기 위해 다들 엉망으로 경쟁을 하겠죠. 동영상 회사의 인공지능 프로그램도 빠르게 개선되고 있고. 이제는 쉽게 동영상 프로그램 마음에 드는 것도 힘들 거라고요."

차 후보는 몇 차례 다른 방식으로 도 박사를 설득했지만 도 박사의 거절 의견은 흔들리지 않았다.

비서가 물었다.

"그러면 이제 박사님은 뭘 하실 겁니까?"

"은퇴했다가 다시 돌아온 이유가 있으니까요. 차 후보님이랑 같이 일을 하면서 열심히 분석을 해 본 결과 이제 저는 다음 단계로 뭘 해야 할지를 알게 되었어요."

"다음 단계라는 게 뭔데요?"

"인공지능 챗봇."

"챗봇? 사람들이 채팅하듯이 말을 걸고 대화를 하려고 하면 거기에 대답을 해 주는 그 인공지능 프로그램이요?"

"맞아요."

"그게 어떻게 다음 단계가 되는 겁니까?"

"이제 세상 사람들은 점점 모든 지식을 얻을 때 인공지능 챗봇에 물어보고 인공지능 챗봇이 뭔가가 맞다고 하면 그냥 다 그런가 보다 하고 믿는 세상이 되었습니다. 누가 SNS에 궁금한 게 있어서 질문을 하면, 그 질문을 인공지능 챗봇에 물어보고 그 답을 그대로 갖다 붙인 다음에 '인공지능에게 물어보니까 이렇게 대답하더군요.'라는 글을 덧글로 달면서 뿌듯해하는 사람도 정말 많았잖아요. 이제는 거기서 좀 더 나아가서 인생살이에 대한 상담이나 자신의 개인적인 인생사나 고민을 인공지능 챗봇과 대화하면서 나누는 사람들도 아주 많아졌어요. 그런 사람들은 인공지능에게 개인적인 애착을 느낍니다. 마치 친구나 동료처럼요. 그래서 요즘 사람들은 인공지능 챗봇이 뭐라고 말해 주는지에 따라 인생의 위안도 얻고 인생의 용기도 얻고 인생을 어떻게 살아야 할지 방향도 잡죠."

"그러면?"

"네, 그렇죠. 요즘 사람들은 이제 선거 투표를 할 때에도 인공지능 챗봇에게 누구를 찍을지 물어보고 찍어요. 그냥 인공지능에게 물어보고 뭐라고 하면 무조건 시키는 대로 하겠다고 하는 건 아니에요. 대화를 하면서 누가 왜 좋은 후보인지 물어보면서 한동안 토론을 하죠. 사람들끼리는 정치 이야기하다가 싸울 수도 있고 문제 생긴다고 해서 토론이나 대화를 안 하잖아요. 그렇지만 인공지능에게는 마음 터놓고 대화를 할 수 있거든요. 그러다 보면 결국 인공지능이 추천하는 후보 쪽으로 마음이 기울어지게 되어 있어요. 그래서 제가 하려는 건."

도 박사의 말을 차 후보가 대신 말했다.

"이제 인공지능 챗봇이 추천하는 후보가 되려면 어떻게 해야 하는지를 알아내시겠다?"

"제 마지막 도전이 될 것 같아요. 어느 정도는 알아냈거든요."

"어떻게요? 또 배경음악을 이용하거나 건강 식품 이야기를 하는 건가요?"

도 박사는 그때까지 본 것 중에 가장 밝은 표정으로 웃음을 지어 보였다.

"고성능 인공지능 챗봇을 그런 식으로 다룰 수는 없어요. 요즘 인공지능 챗봇은 세계 각국의 규제, 법령, 수많은 도덕적인 기준, 개인적인 심성을 자극하지 않기 위한 태도 등등을 모두 지키기 위해 굉장히 복잡한 정보를 고려하면서 움직이고 있어요. 그래서 어떤 규칙으로 무슨 대답을 하는지가 정말로 복잡합니다. 진짜 사람의 뇌보다도 더 복잡한 것 같아요. 인공지능을 만든 회사에서도 그건 모릅니다. 간단한 규칙을 찾아내서 인공지능의 마음에 들 수는 없어요."

"그러면요?"

"대신 인공지능 챗봇이 내 뜻을 받아들이도록 하기 위해 복합적인 고려를 해서 말을 걸어야 합니다. 저는 단순한 기계적 분석이 아니라 오히려 사람의 마음속에서 피어오르는 진심과 성심을 다한 직관을 이용하는 것이 오히려 효율적이라는 결론을 내렸습니다. 그래서 진심으로 영혼을 바쳐 고민하고 명상하면서, 어떻게 하면 인공지능에게 내 뜻을 전할 수 있을지 깨닫기 위해 절절한 심정으로 정진하고 또 정진할 때, 그럴 때야말로 인공지능에게 뭐라고 말해야 하는지 깨우칠 수 있을 거라고 보고 있습니다."

그리고 도 박사는 잠깐 멈칫했다가 말을 이었다.

"기도하는 것처럼요."

그게 도 박사로부터 후보와 비서가 들은 마지막 말이었다.

*- 2025년, 역삼동에서*

◦ 작가의 말 ◦

    인터넷에 도는 말이라면 무엇이든 믿는 일 때문에 온갖 오해와 피해가 생기던 시대가 채 지나가지도 않았는데 이제 점차 인공지능이 해 주는 말이라면 뭐든 믿는 시대가 오는 느낌이다. 온갖 매체에 달리는 덧글 중에는 인공지능이 만든 가짜 덧글이 넘쳐나고 온갖 감상문과 계획서들도 인공지능이 써 준 것이 쏟아진다. 인공지능 공해라고 할 만한 시대다.
    그 시대에 어울리는 이야기를 써 보려고 했다.

# 한 줌의 웃음을 불빛 속에 던지고
『이선 연대기』 중에서

최희라

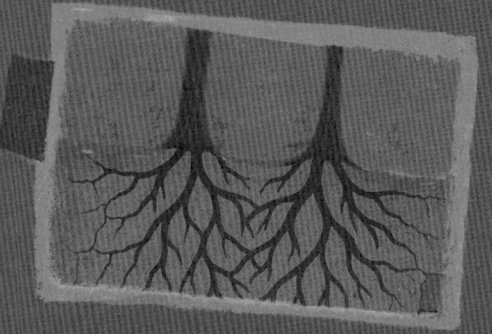

### 그날의 재구성

할머니, 이렇게 손 편지를 쓰는 게 얼마 만인지 모르겠어요. 친구들 생일에 카드를 쓴 적이 있긴 하지만요. 아, 그러고 보니 지난번 할머니 생신 때 짧은 엽서라도 보내 드릴 걸 그랬어요. 죄송해요.

언제나 그러셨잖아요. 그리 톡톡 손가락을 놀리며 작은 화면에 얼굴을 박고 몇 자 쓰는 거랑 펜을 쥐고 몸을 앞으로 기울여서 한 자 한 자 써 내려가는 건 다르다고. 손 편지를 쓴다는 건 내 온 마음을 종이 위에 기울이는 거라고. 그러실 때마다 솔직히 또 옛날이야기 하신다 싶었지만 이번 만큼은 저도 꼭 손으로 쓰고 싶었어요. 왠지 한 자 한 자 꾹꾹 눌러써야 제 마음을 온전히 전할 수 있을 거 같아서요.

그날, 그러니까 12월 21일부터 이야기를 시작하면 될 거 같아요. 아, 아니다. 할머니도 아시다시피 그전에도 오만 일이 있었잖아요. 그러니까 계엄령이 있던 그날 말이에요. 저는 그때 집에 있었어요. 저녁에는 친구들이랑 마라탕을 먹었는데 왠지 속이 좋지 않았어요. 마라탕 먹은 게 한두 번도 아닌데. 원래 그날 오랜만에 코노에 가기로 했는데 저녁만 먹고 바로 헤어져서 집에 와서는 찜질팩을 배에 붙이고 트위터를 하고 있었어요.

아, 할머니, 트위터 기억나시죠? 트위터 하는 중이라고 했더니 그게 뭐냐고 물어보셔서 각자 자기 집 담벼락에 하고 싶은 말을 쓰면 지나가던 사람들이 그걸 보고 쪽지나 칭찬 스티커를 붙이면서 서로 친해지는 거랑 비슷하다고 제가 설명드렸잖아요. 그러니까 할머니가 무슨 동네에 그렇게 주민이 많냐고 하시긴 했는데 암튼 그걸 하고 있었죠. 네, 톡톡. 트위터 사람들끼리는 '토독토독'이라고 하긴 하는데요. 그런데 갑자기 비상계엄령이 어쩌고 하는 거예요.

계엄이라고? 전쟁이 일어난 것도, 지진이 나거나 해일이 덮친 것도 아닌데 계엄령? 지금 1970년대나 80년댄 줄? 혹시 우리 단체로 타임리프물 찍고 있는 거야? 흥분해서 트윗을 마구 날렸어요. 저뿐만 아니라 탐라, 그러니까 제가 구독하고 있는 계정들도 죄다 난리였어요. 미친. 원래 이상한 줄은 알았지만 드디어 미친. 벌써 뭐라고 한마디하면 잡혀갈까 봐 무섭다는 사람들도 있었고요.

대통령 욕을 엄청 하다가 퍼뜩 할머니 생각이 났어요. 할머니는 인터넷도 스마트폰도 거의 안 하시잖아요. 그리고 10시도 되기 전에 잠자리에 드시잖아요. 그렇다고 바로 잠이 드는 건 아니라고 하셨지만 이미 주무시고 계실 확률이 높았어요. 밤사이 무슨 일이 일어날지도 몰랐고 아침에 일어나서 텔레비전을 틀었는데 뉴스를 보면 더 충격이 크실 거 같았어요. 할머니 혼자 사시는데 제가 걱정을 안 할 수가 없잖아요. 그날 밤 엄마는 오프가 아니어서 집에는 저 혼자였어요. 엄마한테도 톡을 보내긴 했지만 답이 없었어요.

다행히 할머니는 깨어 계셨어요. 제가 늦게 전화드려서 죄송하다고 하니까 괜찮다고, 왠지 잠이 오지 않았다고 하셨죠. 대통령이 계엄령을 발표했다고 하니까 잠시 아무 말씀도 하지 않으셨어요. 알아 두겠다. 너도 조심해라. 그 말을 끝으로 전화를 끊었어요.

일찌감치 수시 붙어서 느긋하게 지냈는데 이런 게 최후의 만찬이란 건가. 트위터에 대통령 욕 엄청 많이 적었는데 어떡하지? 대통령이 여성가족부도 폐지하려고 했잖아요. 학교 남자애들 욕한 거 알면 어쩌지? 우리 집엔 빽이고 뭐고 아무것도 없는데. 20년도 못 산 창창한 내 인생 이대로 끝나는 건가. 아직 대학 강의도 한번 못 들어봤는데. 정말 별의별 생각이 다 들더라고요.

그런데 언젠가부터 국회의사당으로 시민들과 정치인들이 모여들고 있다는 소식이 떴어요. 저도 지금이라도 가 볼까 싶기도 했지만 솔직히 조금 무서웠어요. 할머니도 잘 아시는 대로 그날 담을 넘어 의사당 안으로 들어간 국회의원들이 계엄 해제 요구안을 의결해 통과시켜서 계엄이 해제됐고 그러고도 몇 시간 지나서 대통령이 계엄 해제를 선포했어요. 그 뒤에도 트위터 친구들과 한참을 얘기하다가 해

뜨기 직전에야 겨우 잠이 들었어요.

나중에 알았어요. 엄마가 그러더라고요. 그날 계엄군이 탄 버스와 장갑차를 막아서며 계엄령에 항의하던 시민 중에 할머니가 있었다는 거요. 솔직히 엄마가 할머니 얘기를 할 때 긍정적이었던 적이 별로 없어서 이번에도 저는 조금 긴장했어요. 두 분이 한참 동안 연락 안 하고 지내신 적도 있잖아요. 그 말을 하던 엄마 얼굴이 워낙 무표정하기도 했고요.

심장도 약한 양반이 어쩌자고 또…라고 덧붙여서 엄마의 엄마 흉을 또 얼마나 보나 했는데 죄송해요. 하지만 이 편지는 정말 솔직하게 쓰고 싶었어요. 그런데 엄마가 갑자기 울음을 터뜨리지 뭐예요.

제가 영문을 모르고 멍하니 있으려니까 엄마가 폰을 내밀었어요.

**현정아, 엄마는 지금 국회로 간다. 목숨을 걸고 간다. 세나, 세준이 잘 키우고 너도 행복해라. 진주보다 귀하고 영롱한 우리 딸아, 사랑해.**

할머니가 이렇게 긴 문장을 맞춤법 하나 안 틀리고 문자로 보낼 수 있는 사람이었나. 그 생각이 먼저 들더라고요. 그때 엄마가 마치 제 머릿속을 읽은 것처럼 말했어요. 주변의 젊은 사람한테 부탁했대. 우리 딸한테 문자 좀 보내 달라고.

저는 왠지 말문이 막혀서 한참 가만히 있었어요. 엄마도 울음은 그쳤지만 진이 다 빠진 거 같았고요. 할머니가 왜요? 국회의원도 정치인도 뭣도 아닌데. 한참 뒤에 입에서 나온 말이란 게 고작 이거였어요. 일흔이 넘은 할머니가 그 밤에 국회의사당으로 간 게 선뜻 이해되지 않았어요. 맞아요. 일차 멍청함이었어요. 옛날 생각이 났나 봐. 엄마가 다시 눈이 빨개져서는 눈물을 삼키며 말했어요.

할머니, 엄마가 말하던 그 옛날이 언젠지 저는 정확히 알고 있었어요. 1980년 5월. 할머니는 가끔 말하고 엄마는 일부러 말하지 않아서 말하던 그때. 그때 할머니도, 아직 할미니의 배 속에 들어 있던 엄마도 광주에 계셨잖아요. 계엄령이 한창이었다던 그때 말이에요.

그 뒤로 엄마는 병원 오프 날에도 집에 잘 안 들어왔어요. 할머니도 엄마도 국회 근처에서 국회를 지키고 있다는 게 좀 이상했어요. 둘 다 정치인도 사회운동가도 아니고 내가 평생을 봐 온 그냥 평범한 사람들인데. 그리고 국민을 지키는 게 국회나 국회의원이지 그 반대는 선뜻 그려지지 않긴 하잖아요. 하긴 그날은 이상한 일 천지긴 했어요. 비상계엄령 자체도 이상했고 그게 두 시간 반 만에 끝난 것도 이상했고 국회가 계엄 해제 요구안을 의결했는데 대통령이 해제 선포를 미룬 것도 이상했고 암튼요.

중학교 친구들 단톡방에서 우리도 국회를 지키러 가자는 말이 나왔을 때도 저는 대꾸도 제대로 못하고 그냥 있었어요. 이차 멍청함이었어요. 이때 친구들 따라서 국회 앞에 갔으면 엄마도 할머니도 만날 수 있었는데. 트위터도 시위 나간다고 난리였어요. 제 또래 중에도 매일 여의도에 출근 도장을 찍는 계정이 있었고 함께 나갈 사람을 모집하는 트윗을 올리기도 했어요. 그래도 이때만 하더라도 왠지 집회에 나갈 마음이 들지 않았어요. 아니, 몸이 움직이지 않는다고 해야 할지. 저도 잘 모르겠어요.

거리로 나가고 싶어진 건 여의도에서 북촌으로 돌아오는 길에 할머니가 쓰러지고 난 다음이었어요. 할머니는 중환자실에 있어서 면회도 잘 되지 않고 엄마는 병원 일에, 간병에 정신이 없었어요. 혼자 집에 우두커니 앉아 있자니까 머리가 고장 나는 기분이더라고요.

국회 앞에 갔던 친구들은 이제 광화문에 있었어요. 그새 대통령 탄핵소추안이 가결되긴 했지만 환호하며 기뻐하던 것도 잠시, 결과 기다리면서 계속 불안하다고, 화가 난다고 그랬어요. 트위터에서도 내란성 화병이니 불면증이니 한탄하면서 계속 대통령 욕을 했어요. 정신과 다니던 애들은 우울증이랑 불면증이 더 심해졌다고 하더라고요. 이건 이상한 게 아니라 단단히 잘못된 거다 싶더라고요. 그리고 그 잘못이 내가 사랑하는 사람들을 위협하고 있다는 생각이 들기 시작하자, 걷잡을 수 없이 화가 났어요.

마침 엄마가 요새 너무 추우니까 할머니 댁에 들르라고 심부름을 시켰어요. 보일러도 켜서 외출 모드로 바꾸고 수도관도 수건으로 감싸 놓으라고요. 북촌은 경복궁이랑 광화문으로 걸어서도 가잖아요. 겸사겸사 잘됐다 싶더라고요.

한때 너무 좋아하던 아이돌 그룹 응원봉을 책상 서랍 한 구석에서 꺼냈어요. 이제는 예전만큼 그 오빠들을 좋아하진 않지만 그래도 그 시절엔 정말 진심이었어요. 그때는 정말이지 불 꺼진 어두운 방에서 이불을 뒤집어쓰고 울고 있어도 오빠들 생각만 하면 마음에 불이 탁 켜지는 거 같더라고요. 할머니도 그러셨잖아요. 엄마가 쟤는 한창 공부할 시기에 고작 연예인에게 빠져 있다고 걱정하니까 그렇게 뭔가를 열렬히 좋아할 수 있는 것도 힘이라고요. 세나는 갓난아기 때부터 기운차던 애라고. 그렇긴 하다고, 너무 기운차서 걱정이라고, 살도 조금만 뺐으면 좋겠다고 엄마가 한숨을 쉬니까 할머니가 또 막 뭐라고 하셨잖아요. 지금은 살이 한창 키로 가는 때라고. 그리고 세나 쟤가 살 뺄 데가 어딨느냐고. 뺄 데가 많긴 하지만 그렇게 말씀해 주실 때마다 항상 감사했어요. 맛있는 음식을 잔뜩 해 주실 때도요. 죄다 너무 맛있어서 고민이긴 했지만요.

빛나는 것도 준비됐지만 뭔가 조금 부족했어요. 깃발을 만들까도 생각했지만 시간이 많지 않았어요. 가는 길에 문구점에 들러서 제일 큰 종이를 달라고 했죠. 할머니 댁 거실에 종이를 펼치고 무릎 꿇고 앉아서 그 위에 매직으로 죽 써 내려갔어요. 답답했던 가슴이 확 뚫리더라고요. 이래서 시일야방성대곡 같은 게 나왔구나. 이렇게 긴 글을 써 내려가는 것만으로도 의지가 다져지고 속이 후련해지는구나.

선조들이 조금 이해되는 기분이었어요. 할머니 말씀대로 '톡톡'이랑은 완전 다르더라고요. 같은 글을 한 장 더 쓰고 나니 비장해지기까지 했어요.

엄마가 시킨 일을 다하고 보니 금방 집회 시간이 가까워져서 집을 나섰어요. 가슴이랑 등에 고정한 종이가 몸에 착 붙더라고요. 엄마가 혀를 차며 종종 상기시키다시피 제가 등판이 좀 넓잖아요. 이럴 땐 제법 쓸모가 있더라고요.

현대빌딩을 돌아서 프릳츠 커피 앞을 지나, 광화문 쪽으로 가는데 왠지 느낌이 이상했어요. 걸음을 멈추고 뒤돌아봤더니 어떤 여자가 저를 따라오고 있었어요. 착각인 거 같진 않았어요. 여자도 걸음을 멈추고 저를 바라봤거든요. 보통 이럴 땐 가던 길 그냥 가지 않나요? 젊은 여자였는데 눈빛이 좀 남달랐어요. 차가우면서 속을 알 수 없달까. 아무튼 보통 사람 같진 않았어요. 살면서 그런 눈빛은 처음이었어요. 제가 아직 얼마 안 살긴 했지만 어쨌든. 사복 경찰일지도 모른다는 생각이 들더라고요. 저는 중요한 사람이 아니지만 혹시 또 모르잖아요. 제가 태어나기도 훨씬 전에 있었던 계엄령이 다시 내려진 판인데. 그날 할머니가 국회에 간 일이 알려진 건지도 모른다고 생각했어요. 또 어쩌면 1980년 그날 할머니와 엄마가 광주에 있었던 일까지도. 약간 겁이 났지만 티 안 내려고 일부러 여자를 쏘아봤어요.

여자는 하나도 기죽지 않은 얼굴로 종이를 가리키며 말했어요. 글을 정말 잘 쓰시네요. 이렇게 재밌는 대자보는 처음 봤어요. 간절하기도 하고. 그것도 이동 대자보라니. 아, 이거 밈이에요. 밈. 밈이요? 세상 두려울 거 없어 보이던 여자의 얼굴에 당황한 기색이 떠올랐어요. 그 모습이 귀여워서 긴장이 조금 풀어졌어요. 아, 맞다. 할머니도 밈이 뭔지 잘 모르시죠? 밈은 인터넷에서 유행하는 문장이나 이미지예요. 비슷한 맥락에서 따라 쓰기도 해서 속담이랑도 비슷해요. 아무튼. 여자가 그러더라고요. 아, 밈. 그러고 보니 엑스에서 종종 봤어요. 갑자기 정신이 확 들더라고요. 엑스니 엑친이니 말도 안 되잖아요. 그거 새 트위터 사장이 아무렇게나 만든 이름이거든요. 트위터 로고였던 파랑새도 날려 버리고요. 왜, 할머니도 언젠가 보시고 귀엽다고 하셨던 그 새요. 래리라는 이름도 외우셨잖아요. 그래서 대부분은 아직도 트위터라고 부르는데 엑스라니. 진짜 사복 경찰일지도 모르겠다 싶더라고요. 엑-스-요? 저도 모르게 큰 소리로 말이 나왔어요. 아, 공식 명칭이 바뀌어서 그렇지, 이용자들끼리는 트위터라고 부르죠. 제가 트위터 시작한 지 얼마 안 돼서요. 저도 트위터라고 부르는 게 더 좋아요. 여자가 잠시 기억을 더듬는가 싶더니, 말도 살짝 더듬으면서 말하더라고요. 이게 뭐라고 경계심이 확 풀어지더라고요.

저희는 가벼운 대화를 나누면서 계속 같이 걸었어요. 방향이 같더라고요. 시위 가시나 봐요. 네. 그런데 전 미처 준비를 못 했어요. 응원봉도 초도 뭣도 없어요. 준비랄 게 있나요. 몸만 가면 되는 거죠. 가는 게 준비죠. 그리고 가면 다

피켓 나눠 주나 보더라고요. 그거 들고 계시면 돼요. 그렇죠. 그렇긴 해요. 시위라는 게 언제나 그렇죠. 일단 가는 게 중요하죠. 가면 다 뭐든 집어 들고 만들고 구하면 되니까요. 그러다 보니까 기분이 완전 좋아졌어요. 친구들과 이미 약속해 놓긴 했지만 가기 전부터 누구랑 함께라니 든든하더라고요. 그날은 왠지 모든 게 다 잘 풀릴 거 같았어요.

광화문에 도착하고 나서 여자는 저희 쪽에서 대각선 방향으로 좀 떨어진 뒷자리에 앉았어요. 친구들에게도 소개하고 싶었지만 저에게도 아직 낯선 사람이기도 하고 상대도 어떨지 몰라서 우리 쪽으로 오라고 굳이 말하진 않았어요. 의외로 내향인일 수도 있잖아요. 그래서 핫팩만 하나 건넸어요. 처음엔 안 받으려고 하더라고요? 자긴 추위 잘 안 탄다면서. 그래도 얇은 옷차림이 너무 신경 쓰여서 그냥 쓰시라고 했어요. 결국 받긴 받더라고요.

해 질 녘 행진이 시작됐을 때는 여자의 존재 자체를 까맣게 잊어버렸어요. 워낙 사람도 많았고 친구들도 챙겨야 했으니까요. 안국역 앞 삼거리, 종각역, 을지로입구역을 지나 명동에 다다라서야 행진이 끝났어요. 새삼 추위가 살을 파고들더라고요. 제 입술이 잠시 파래졌다고 서영이가 나중에 그러기도 했어요. 노래 부르고 구호를 따라 외치며 걸을 때는 추운지도 몰랐는데 말이에요.

친구들과 명동에서 같이 저녁을 먹고 있는데 트위터 뉴스 계정에 속보가 떴어요. 농민들이 며칠 전부터 트랙터를

몰고 서울로 올라오고 있었는데 남태령에서 경찰 버스에 길이 막혔다고요. 좀 더 찾아보니까 낮에는 경찰들이 트랙터 유리도 깼다는 거예요. 가슴이 뛰었어요. 감히? 싶더라고요. 농민이라면 말 그대로 우리를 먹여 살리는 사람들이잖아요. 트랙터가 대통령 관저로 향하는 걸 막으려고 더 그런다는데 왜 밥 한 톨 주기 아까운 내란 우두머리 때문에 그런 분들이 같은 대한민국 땅에 못 온다는 건지. 다른 지역에서는 다 통과됐다는데 왜 서울에서만 저러는지 이해가 안 됐어요. 무상급식 반대해서 한 번 사임까지 했던 서울시장 때문일지도 모르겠다고 싶더라고요. 트랙터를 막아선 경찰들, 그걸 지시한 사람 모두 구내식당에서 줄 서서 기다릴 때 딱 자기 앞에서 밥이 떨어지는 저주를 받길, 그 순간만은 진심으로 빌었어요.

뜨끈한 국밥을 공깃밥 추가로 한 그릇 야무지게 먹고 나니까 살 거 같았지만 식당을 나오자마자 혜미가 오들오들 떨었어요. 할머니, 혜미 아시죠? 접때 한 번 보셨잖아요. 강단 있어 보인다고 하셨던 애요. 맞아요. 혜미가 체구는 작은 편이어도 체력이 은근히 강하거든요. 운동 신경도 저희 중에선 제일 좋고요. 그런데 그날은 원래 감기 기운이 살짝 있었나 보더라고요. 생리도 겹쳤고요. 저희는 남은 핫팩을 탈탈 털어서 혜미 옷 속에 넣었어요. 집이 가까운 서영이가 같이 택시를 타고 혜미를 바래다주기로 했고요. 나머지도 이만 각자 집으로 흩어지기로 했어요. 하지만 저는 이대로는 도저히 집에 못 돌아가겠더라고요.

지하철을 타러 계단을 내려가는데 발을 잘못 디뎠는지 자칫하다간 넘어질 뻔했어요. 그때 누가 팔을 잡아 줘서 고맙다고 인사를 하려는데 그 여자였어요. 할머니 댁 근처에서 우연히 만났던 그 여자요. 반가웠어요. 이제 친구들도 곁에 없기도 하고요.

혹시 남태령 가세요? 여자가 왠지 생각에 잠긴 표정을 짓더니 천천히 고개를 끄덕였어요. 이때만 하더라도 그렇게 이상하진 않았어요. 날도 너무 춥고 거기까지 가는 길도 경찰 때문에 험난할 거고 집회가 언제 끝날지도 알 수 없고요. 가는 길이었더라도 그렇게 물어보면 이만 집으로 돌아가 버리고 싶어졌을 수도 있으니까요. 역시 여자도 명동까지 행진하는 게 끝일 줄 알고 그런 옷차림으로 나왔다가 저처럼 트위터 보고 화가 나서 계획을 바꾼 거라고만 생각했어요. 아무리 추위에 강한 체질이라고 하더라도 여자처럼 얇은 니트 한 장에 핸드메이드 코트, 청바지 차림으로 버틸 수 있는 날씨가 아니었거든요. 딱히 내복을 챙겨 입은 것 같지도 않았고요. 내색은 안 하고 있었지만 실은 얼마나 추웠겠어요.

이 시간만 하더라도 사람이 많지 않아서 가는 길은 수월했어요. 경찰들도 적극적으로 막아서지 않았고요. 그런데 정말 어마어마하게 춥더라고요. 태어나서 그렇게 추운 건 처음이었어요. 비탈길에 자리를 잡고 앉으니 더요. 추운 날

이기도 했지만 남태령은 무슨 지형 때문이라던데 칼바람이 너무 세게 불었어요. 제가 남들보다 몸에 지방이 좀 더 많긴 한데 그날은 벌써 다 타 버린 거 같더라고요.

놀랍게도 여자는 안색 하나 변하지 않았어요. 몸을 웅크리거나 떠는 법도 없었고요. 이때부터 저는 여자가 정말 추위에 강한 체질이란 걸 믿기 시작했지만 다른 사람들이 난리였어요. 아마 저희 쪽으로 핫팩이 백 개는 날아들었을 거예요. 커피를 보온병째 받기도 했고요. 누구는 어디선가 담요를 가져와서 여자를 감쌌고요. 처음에 여자는 극구 사양했지만 나중에는 거의 포기한 눈치더라고요. 그리고 자기가 받은 것들을 저에게 거의 다 줬어요. 남의 눈을 의식해선지 담요는 고대로 걸치고 있었고요. 저는 남는 핫팩을 주변에 나눠 줬고요. 여자가 갑자기 옛날 생각이 난다고 하더라고요. 그때도 여자들이 김밥이며 주먹밥을 만들어서 시위하는 사람들에게 공짜로 나눠 줬다고요. 여기서도 그렇고 아까 광화문에서도 그랬고 트위터에서 본 바로도 사람들이 자기 돈 들여서 푸드 트럭도 보내고 핫팩도 공짜로 돌리고 그러긴 했지만 김밥 직접 말아서 나눠 주는 건 못 봤는데. 보통 배달 어플로 시켜 주는데. 언제 적 옛날을 말하는 건지 의아하더라고요. 여자가 그랬고 어쩌고 하는 건 성차별적이기도 하고요. 하긴 내란 이후 집회 때도 여자들이 배달이며 푸드 트럭 보내기에 더 열심이긴 했지만요.

여자는 피켓만 들고 있었고 노래도 거의 따라 부르지 않앉어요. 거의 말없이 제 옆에 꼭 붙어 있기만 했죠. 아까 북촌에서는 어쩌다 보니 말을 먼저 붙였던 거고 진짜 내향인인가 보다, 그렇게 생각하니 눈치가 보여서 저도 선뜻 말을 걸게 되진 않더라고요.

사람이 점점 많아져서 8차선 도로가 가득 차고 밤이 깊어져도 차벽은 움직일 생각을 안 했어요. 이 새끼들이 우릴 동사시킬 작정인가. 아니 근데 우리는 그날 밤 각자 할 일 하거나 쉬고 있었다고. 그런데 내란이 일어났다고. 우린 지금 거기에 책임을 묻겠다고 나선 민주 시민이라고. 점점 더 오기가 나서 저 벽이 뚫리기 전에는 집에 안 가겠다고 다짐하게 되더라고요. 어차피 지금 우리 집이든 북촌이든 가도 아무도 없지 않냐며, 아빠 집에는 아빠랑 세준이가 있기야 하겠지만 둘 다 도무지 말이 안 통해서 더 화가 날 테니까 그냥 여기 있는 게 백번 낫다고 자신을 계속 세뇌했지만 추운 건 어쩔 수 없었어요. 어느 집이든 있는 온수매트가 너무 그립더라고요.

언젠가부터 집회 노래가 자장가처럼 들리면서 졸음이 쏟아졌어요. 저는 이를 달달 떨면서 여자에게 자꾸 말을 걸었어요. 언니, 짱짱걸. 진짜 추위 안 타시나 봐요. 혹시 홍삼 드세요? 아니면 쑥이나 익모초 같은 거? 아, 언니라고 불러도 되나요? 여자가 제 말에 무표정하게 고개를 끄덕였어요.

그때부터 저는 아무 말이나 하기 시작했어요. 지금 생각해 보면 잘 모르는 사람 앞이라서 더 솔직했던 거 같기도 해요. 상대가 제 얘기를 가만히 들어 주기도 하고 말이에요. 친구들도 그렇게 말없이 들어 주기만 하지는 않잖아요. 건성으로 듣는 거 같지도 않았고요. 절 보는 눈빛이 종종 별처럼 빛났거든요.

저 열 살 때, 세준이 여덟 살 때 엄마 아빠가 이혼한 얘기도 하고 요새 세준이가 이상한 사이트랑 유튜브 채널에 자주 들어가서 남자가 차별받는다는 이상한 얘기나 하고 학교에서도 여학생한테 욕해서 엄마가 불려 간 일도 얘기했어요. 그래서 엄마가 세준이를 우리 집으로 데려올 생각을 하고 있다는 것도요.

그렇게 가족 얘기를 하다 보니까 할머니가 비혼모라는 얘기도 하게 됐어요. 할아버지가 1980년 광주에서 시민군이었다는 것도요. 졸리는 와중에도 자랑스럽더라고요. 전에는 그런 생각을 전혀 못했는데 말이에요. 할머니랑 할아버지가 혼인신고도 안 하고 같이 살고 있었는데 할머니가 임신한 줄도 모르고 할아버지가 시민군에 합류했다는 이야기도 오랫동안 마음에 들지 않았어요.

중학교 때 「메밀꽃 필 무렵」을 배웠는데 할아버지 생각이 나더라고요. 물레방앗간에서 여자 임신시켰는데 나중에 다 큰 아들이 절로 생긴 거잖아요. 얼마나 무책임하고 자기 좋은 일만 한 거냐고요. 저 그땐 여중 다녔잖아요. 저 말고 다른 여자애들도 콘돔 안 썼다고 하도 수군대서 국어 선생님이 책상을 내리칠 정도였어요. 할아버지가 더 신중하고 책임감 있게 굴었다면 제가 이 세상에 태어날 리도 없었을 거라서 가끔 할아버지가 원망스럽기도 했어요. 물론 할아버지는 엄마가 태어나기도 전에 돌아가셨으니까 좋은 일 같은 건 많이는 없었지만요.

할아버지의 피가 저한테도 있긴 있나 봐요. 이번에 이렇게 화가 나는 걸 보면. 엄마도 저번에 국회 지키러 갔고요. 그냥 가볍게 한 말인데 여자가 왠지 정색했어요. 꼭 그렇진 않았어요. 난 독사같이 악독한 자의 자식이 생판 남을 위해 자신을 희생하는 것도 보았고 천사처럼 선한 이의 후손이 수십 수백 명을 죽이는 것도 봤어요. 제가 당황해서 대꾸를 못하니까 여자가 덧붙이더라고요. 물론 후손이 어느 정도 영향을 받긴 하죠. 애들 앞에선 찬물도 못 마신다는 말도 맞고요. 하지만 사람은 꼭 자기 피를 따르기만 하진 않아요.

그때 그 여자 눈빛을 할머니도 보셔야 했는데. 여자는 많아 봐야 20대 후반에서 서른 정도였는데도 그 말 할 때 눈빛만은 나이가 무색하게 깊고 아득했어요. 한순간에 너무도 긴 세월이 눈앞에 풍경처럼 펼쳐지는 것 같더라고요.

꼭 백 살 넘게 살기라도 한 것처럼 말씀하시네요. 재밌어요. 여자가 설핏 웃더라고요. 눈에도 장난기가 살짝 감돌았어요. 그 모습에 긴장이 조금 풀어지더라고요. 하긴 틀린 말도 아니었어요. 동생도 할아버지 피 받은 건 마찬가진데 걔는 지금 대통령이 여성가족부 폐지하려고 한 건 잘한 거라고, 요즘 여자들 살 만한데 남자들 자리나 뺏으려고 한다면서 이런 집회에는 나올 생각도 안 하니까요.

나도 광주에 간 적이 있어요. 그때 도시 전체가 위험하다고 했는데 마구 밀고 들어갔죠. 한밤중에 야산도 타고요. 갑자기 여자가 그러더라고요. 언제 광주에 무슨 일이 있었나? 생각이 잘 안 나더라고요. 왜 그랬어요? 저는 그냥 이렇게만 물었어요. 이때는 이미 머리가 몽롱해지고 있어서 뭘 조리 있게 따질 수 있는 상태가 아니었거든요. 어떤 남자가 좋아서 생사가 너무 궁금해서요. 와, 대박. 언니 남미새였어요? 남미새는 뭐예요? 트위터에서 가끔 보긴 했는데 무슨 뜻인지 정확히는 몰라요. 난 새 같은 건 아닌데. 아, 남자한테 미친 새끼요. 여자가 마구 웃으면서 말하더라고요. 많이는 아니고 여태 살면서 남자한테 몇 번 미쳤던 적이 있긴 했죠. 언니, 진짜 의외네요. 막 연애에 관심 있고 남자한테 올인하고 그래 보이시지는 않는데요. 쿨해 보이세요, 무척. 나 여미새였던 적도 있었어요. 순간 멈칫했어요. 이게 말로만 듣던 커밍아웃인가 싶더라고요. 트위터에서 커밍아웃한 얘기를 읽을 때는 같은 상황에서 나는 자연스럽게 행동할 수 있다고 생각했는데 막상 어떻게 반응해야 할지 모르겠더라고요. 다행히 여자가 계속 이야기를 이어갔어요. 그 사람은 광주에서 대학 다니고 있었거든요. 방학 때 잠시 서울 친척 집에 와 있을 때 알고 지냈고 나중에 전화도 하고 편지까지 주고받긴 했는데 이만 찰까 싶었는데도 막상 광주에 그런 일이 생겼다니 가만히 있을 수가 없더라고요. 그러면 언니도 마음이 있었던 건데 왜 차리고 했어요? 장거리 연애가 힘들어서요? 케이티엑스 타면 그렇게 멀진 않은데. 너무 연하였거든요. 언니, 요즘 그런 게 어딨어요. 남자만 연하 만나도 되는 거 아니잖아요. 남자들은 아래로 열 살, 스무 살 차이도 괜찮다고 그러는데. 미성년자만 아니면 되죠. 할아버지도 할머니보다 다섯 살 연하였대요. 여자는 그런 제 말에 빙긋 웃기만 했어요.

그런데 시간이 갈수록 제 귀에도 말끝이 자꾸 꼬부라지더라고요. 횡설수설하는 것도 같았고요. 문득 여자가 제 말을 뚝 끊더니 말했어요. 혹시 많이 추워요? 이상한 질문이었어요. 그날 그 자리에서 많이 안 추운 사람이 있을 리가 없잖아요. 네. 대박 추워요. 그리고 계속 졸려요. 그때부터 여자가 다리를 마구 주무르더니 확 업더라고요. 와, 할머니. 사람한테 업힌 건 정말 오랜만이었어요. 그것도 저보다 몸무게가 최소 10킬로는 덜 나갈 거 같은 여자한테 업히다니 믿기지 않더라고요. 여자는 별로 힘을 들이지도 않는 거 같았어요. 누구든 놀랄 만한 일 같았지만 등 위에서 보니 저 말고도 조는 사람들이 많아서 크게 이목이 쏠리진 않더라고요. 그 와중에도 여자한테 평소 뭘 먹고 운동은 어떤 거 하냐고 헤어지기 전에 꼭 물어봐야겠다고 다짐했어요.

여자가 절 난방 버스로 데려갔어요. 아, 할머니는 입원하셔서 모르시죠. 난방 버스는 이번 탄핵 집회 때 시민들이 자기 돈을 들여 지원해서 보낸, 말 그대로 난방용 버스예요. 추운 날 집회할 때 몸 녹이는 용도인 거죠. 진짜 후끈하더라고요. 들어가자마자 누가 따뜻한 물이 담긴 종이컵과 초코바를 건넸어요. 그 물도 마시고 몸도 녹이고 있다 보니 다시 졸렸지만 여자가 계속 다리를 주무르며 말을 시켰어요. 자기 얘기도 많이 하고요. 왠지 전혀 배고프지 않았지만 여자가 시키는 대로 초코바도 조금 먹었어요. 그러니까 정신이 좀 돌아오더라고요. 나중에는 여자가 부탁한 건지 의료 봉사자도 왔어요. 그분 말이 잠시 저체온증이 오긴 했는데 다행히 고비는 넘긴 거 같다고 했어요.

정신도 꽤 말짱해지고 몸도 괜찮아져서 슬슬 버스 안에서 나가려던 참이었는데 아랫도리가 갑자기 축축하지 뭐예요. 손을 꼽아 보니 며칠 내로 생리할 거긴 했더라고요. 주기가 하루이틀 뒤로 밀리거나 앞당겨지는 게 다반사니까 예상했어야 했는데. 그래서 아침부터 몸이 무겁고 이렇게 추위를 탔나 싶더라고요. 배에 핫팩이라도 더 댈걸. 삼차 멍청함이었어요. 그래도 생리대 걱정은 안 해도 됐어요. 같이 간 지하철 화장실 안에 생리대랑 타이레놀이 쌓여 있었으니까요.

할머니, 저는 그 여자가 절 기다려줄 줄 알았어요. 그날의 마지막이자 결정적 멍청함이었어요. 첫날인데 왠지 피가 많이 나와서 수습하다 보니 화장실에서 보내는 시간이 길어지긴 했지만요. 그래도 기다릴 줄 알았어요. 왜, 여자들은 그러잖아요. 우리는 화장실이 외진 곳에 있으면 서로 망봐 주잖아요. 같이 화장실에 가서 먼저 볼일이 끝나더라도 친구가 나올 때까지 그 안에 있거나 앞에서 기다리곤 하잖아요. 그곳엔 제 또래 여자들이 아주 많았고 위험한 분위기는 전혀 아니었지만 저는 정말 그 여자가 갈 땐 가더라도 제가 화장실에서 나오길 기다렸다가 인사라도 하고 갈 줄 알았어요.

할머니, 그러니까 돌아보면 돌아볼수록 제가 그날 거기서 이선을 만난 거 같아요. 할머니가 종종 말씀하셨던 그 여자요. 임신한 할머니를 돌봐 줬다는. 미용 기술 배우고 미용실 차릴 돈을 그냥 줬다던 사람이요. 20년 전을 마지막으로 연락이 되지 않는다던 사람이요. 행불자로 처리된 할아버지가 그날 광주에서 시민군이었다는 걸 증언해 줄 유일한 사람이요. 할머니 말씀으로는 키 크고 얼굴이 백설기같이 하얗고 만두 좋아하고 철은 조금 없었지만 다정했던 그 사람이요. 그런 사람이 거기서 그렇게 죽은 거요. 물론 말이 안 되는 건 알아요. 이선은 그때 할머니보다 고작 몇 살 더 많을 뿐이었는데 어떻게 그렇게 젊은 여자가 이선이냐고요? 그런데 그 여자가 이선이 아니라면 제가 그날 난방 버스에서 들은 말은 몽땅 말이 안 돼요. 제가 저체온증에 걸려서 비몽사몽간이었을 거라고요? 그럴 수도 있겠지만 그 앞뒤에 들은 말을 나란히 놓아 봐도 저는 꿈을 꾼 게 아니에요. 그날 그 여자의 눈빛도 목소리도 모두 진심이었어요. 할머니가 지금 중환자실에 있다고 말했을 때도 눈빛이 얼마나 슬펐는지 몰라요. 그리고 다른 것도 아니고 그런 걸 거짓말할 이유가 없잖아요.

서로 트위터 계정도 보여 줬는데, 주소도 기억하는데 이상하게 지금은 검색이 안 돼요. 할머니, 그러니 이만 일어나세요. 어서 일어나셔서 같이 이선을 찾으러 가요. 아무리 생각해도 그날 이선이 저를 일부러 따라온 거 같은데 이번에 할머니도 나서시면 이선이 스스로 나타날지도 모르잖아요.

할아버지가 새삼 대단하다고 생각하는 건 아니에요. 남자들은 조금만 따뜻한 말을 하거나 정의롭게 행동하더라도 넘치는 사랑을 받잖아요. 할아버지가 그렇게 사라지고 나서 할머니와 엄마가 겪었던 걸 생각해 보면 누구의 고통이 더 큰지도 전 잘 모르겠어요. 미혼모라고, 엄마는 애비 모르는 자식이라고 손가락질받고, 근본 없다고 시집에서도 무시당하고. 그래도 할아버지는 이미 너무 큰 걸 잃었잖아요. 단 한 명이라도 할아버지의 마지막 그날을 세상에 알려야죠. 그래야 할머니의 삶도 사람들이 제대로 이해할 수 있잖아요.

할머니, 그러니까 이제 제발 눈 뜨세요. 위독하시다는 말, 오늘내일이 고비라는 말 안 들은 걸로 할래요. 할머니는 강한 사람이잖아요. 내란범들은 어떻게든 감옥에 보낼 거니까 걱정 마시고 얼른 일어나서 우리 함께 이선을 보러 가요.

그러니 이만 일어나세요. 할머니, 제발.

## 2024.12.14. 트위터에서

@고모가 정신과 의산데 요새 두통이랑 불면증 호소하는 환자가 늘었대. 기존 환자들도 증세가 심해져서 약을 증량 해야 해서 골치래. 얼마 전엔 자기가 130세고 이번이 생애 열일곱 번째 계엄이라면서 뱀파이어 된 이후 처음으로 죽고 싶다는 생각이 들었다는 환자도 있었대.

그날은 세상이 보는 앞에서 푸른 피를 쏟을 각오를 하고 장갑차를 막으려고 여의도로 달려갔대. 국회 앞을 가득 메운 사람들을 보고서 6.25 난리 이후 처음으로 주저앉았대.

뭐, 삼십 년에 삼백 년을 산 사람이 어떻게 자기 자신일 수 있*냐는 옛날 책 제목도 말하고. 요즘 자기는 하루에 백 년을 사는 것 같다고. 제정신이 아니라고.

_푸른 피의 뱀파이언 거예요? 신박. 그런데 무지성 야당 지지자로 오해받을지도? 그 당 색깔이 푸른색이잖아.

_님 글 얼른 지우세요. 환자가 뱀파이어든 늑대 인간이든 상담 내용을 누설하는 건 의료 윤리 위반이죠.

---

* 『삼십 년에 삼백 년을 산 사람은 어떻게 자기 자신일 수 있을까』, 이진경, 당대, 1997.

### 그날, 또는 영원한 재구성

이선은 성북동 집을 나와 줄곧 걸었다. 어제와는 바람이 또 달랐다. 그러고 보니 오늘은 동지였다. 한 해 중 어둠이 가장 긴 시간이니 추울 만도 했다. 두꺼운 패딩을 입고 머플러를 친친 두르고도 어깨를 웅숭그리며 걷는 사람들이 거리 곳곳에 보였다.

성북동을 벗어나 혜화동 로터리에 둥글게 자리 잡은 어느 건물 앞에 발길을 멈췄다. 동양서림. 하얀색 바탕에 연두색 글자가 볼록 나온 간판을 잠시 가만히 바라봤다. 이선이 기억하기로, 이 서점은 50년 넘게 이 자리에 있었다.

서점 안에서 가장 먼저 눈에 들어온 건 한강의 얼굴이 크게 박힌 표지였다. 한강의 노벨문학상 수상 소식을 듣고 도도가 제 일처럼 기뻐하던 모습이 생생하게 떠올랐다. 언니, 〈패스트 라이브즈〉 기억 나시죠? 우리 같이 봤잖아요. 어린 시절 여주인공이 한국에선 노벨문학상 못 탄다고 하면서 엄마 아빠 따라 이민 가잖아요. 이제 우리도 받을 수 있어요, 노벨문학상. 도도가 오랜만에 즐거워하는 모습에 같이 기뻐했던 것도 잠시, 군부의 계엄 확대에 맞선 5.18 민주화 항쟁을 다룬 소설이 대표작인 작가가 시상식에 채 가기도 전에 대통령이 계엄령을 선포했다.

그리고 도도는 지금….

이선은 얼른 눈길을 거두고 매장 가운데 계단으로 갔다.

나선형 계단을 다 오르고 나니 나무색 서가가 늘어선 공간이 나왔다. 경쾌한 분위기의 젊은 여자와 30대 후반 정도로 보이는 덩치 있는 남자가 계산대 앞에 서서 대화를 나누고 있었다. 이선은 맞은편 서가로 갔다. 출판사별로 시집이 정리돼 있어서 해당 시리즈의 번호만 알아도 책을 금방 찾을 수 있었다.

이선이 찾는 시인의 시집은 총 세 권이었지만 일부러 한 권만 골랐다. 도도가 늘 그랬듯이 한 번에 한 권만 사고 싶었다.

아까 본 여자는 어디론가 사라지고 남자 혼자 계산대 앞에 서 있었다.

"아, 정다연."

이선이 책을 내밀자, 그가 반색하듯 말했다. 시집을 고른 이의 취향을 존중 내지는 그에 다소 감탄한다는 뜻과 자신도 그 시인을 안다는 뜻이 동시에 읽히는 말투였다.

"저기 귤도 가져가세요."

남자가 이선이 서 있는 자리 왼쪽의 서점 한구석을 가리켰다. 정말 노란 박스에 노란 귤이 한가득 빛나고 있었다.

"두 개 가져가도 되나요?"

"그럼요, 세 개 가져가도 돼요."

그가 노랗게 웃었다.

서점 속 서점 또는 서점 위 서점 이름은 '위트 앤 시니컬'. 하지만 서점 분위기와 주인의 태도로는 위트도 시니컬

도 잘 모르겠다. 이런 걸 뭐라고 하지? 이선은 노란빛이 감도는 나선형 계단의 끝에 이르러 이 서점에 가장 어울리는 단어를 생각해 냈다. 따뜻함. 아래층 서점 분위기가 밝은 따뜻함이라면 위층 서점은 어두운 따뜻함에 가까웠다. 도도는 이 시집 전문 서점의 단골이었다.

다행이다. 한때나마 도도가 따뜻함을 오르락내리락해서.

다시 서점을 지나 건물 밖으로 나온 이선은 거리에 잠시 서서 귤을 베어 물었다. 귤은 달고 싱싱했다. 혀끝에만 약간 신 맛이 감돌았다. 곧바로 도도에게 가도 되겠지만 왠지 당장은 그러고 싶지 않았다. 귤 한 개를 다 먹고도 찬바람을 맞으며 로터리에 잠시 서 있었다. 오래 알던 이의 집이 여기서 터널 하나만 지나면 금방이라는 사실이 떠올랐다. 중환자실 면회 시간까지는 어차피 한참 남았다. 서두를 이유가 전혀 없었다.

혜화역 일대를 벗어나 창덕궁 쪽으로 발길을 옮겼다. 곧 율곡 터널이 나왔다. 벽으로 인도와 차도가 구분 지어진 터널이었다. 인도를 따라 걸었다. 벽에 난 창문으로 희미하게 차 소리가 들렸다. 터널 안은 바깥보다 훨씬 따뜻했다. 지금 의식을 잃은 채 병원에 누워 있는 도도도 따뜻하겠지. 병원에서 다 알아서 온도며 습도를 조절해 뒀겠지. 문득 발길을 멈추고 뒤를 돌아봤다가 다시 앞을 바라봤다. 이대로는 이곳이 터널인지 동굴인지 출구가 있는지도 분명하지 않았다. 도도가 긴 터널을 걷고 또 걷는 일이 인제 그만 끝나길 바랐다. 도도의 의식이 지금 머무는 곳이 어딘지는 모르지만 그곳이 사방이 막혀 있거나 동굴처럼 출입구가 하나인 곳이 아니기를. 무엇보다 도도가 섣불리 출구가 없다고 단정하지 않았으면 좋겠다.

터널은 그리 길지 않았다. 돈화문을 지나 궁궐 담을 따라 걷다가 맞은편으로 건너가 한 골목 비탈길로 들어섰다. 그때 낯익은 얼굴이 거짓말처럼 길모퉁이를 돌아 나오고 있었다. 이선은 반사적으로 바로 뒤 건물 벽에 바짝 몸을 붙였다. 그러거나 말거나 소녀는 결연한 표정으로 가던 길을 갔다. 이선은 그 길을 조용히 뒤따랐다.

저요 저요 제발 저요 제가 아니면 안 돼요 제발 저요 오직 이날을 위해서 지금까지 살아왔어요 제발 제가 된다면 죽어도 여한이 없어요 제발 저요 저요 저요 저요 제발 저요 저는 저요밖에 모르는 저예요 저요 저요 제발 저요 제가 된다면 이 순간을 간직해서 대대손손 물려줄 거예요 이 정도 정성이면 하늘도 알아 주시겠죠 제발… 저요… 저요 저요 제발 저요 제발 저 미친놈들 제 손으로 물리치게 해 주세요 소중한 사람들 지키게 해 주세요 제가 이렇게 간절해요 민주주의 절대 소중해요

소녀는 큼직한 종이를 온몸에 판초처럼 두르고 있었다. 거기 적힌 글을 읽고 있자니 자꾸 웃음이 나왔다. 인기척을

느꼈는지 소녀가 문득 걸음을 멈추고 뒤를 돌아봤다. 이선의 얼굴을 빤히 보고 경계하는 모습마저 귀여웠다.

그렇구나. 그는 이런 후손을 가지게 되었구나.

"글을 정말 잘 쓰시네요. 이렇게 재밌는 대자보는 처음 봤어요. 간절하기도 하고. 그것도 이동 대자보."

"이거요? 아, 이거 밈이에요."

표정에 감정을 드러내지 않는 데는 성공한 거 같긴 했지만 속은 적잖이 당황스러웠다. 밈이 뭔지는 알고 있었고 몇몇 밈은 꽤 익숙했지만 이것도 밈일 줄은 몰랐다. 트위터라는 걸 시작하고 그걸 통해서 도도를 알고 지낸 지도 1년이 다 돼서 이런 문화에 꽤 적응했다고 생각했건만 아직 모르는 게 이렇게나 많다니.

이선은 얼떨결에 소녀를 따라 탄핵 촉구 집회 장소로 갔다. 처음에는 소녀가 친구들과 합류하는 것까지만 보고 집회 현장을 빠져나올 셈이었지만 결국 자리를 잡았다. 왠지 그곳이 편안했다.

광화문 길바닥에 앉아 있자니, 일주일 전 도도와 함께 갔던 여의도 집회가 떠올랐다. 계엄 이후 두 번째로 발의된 탄핵소추안 표결 날 열린 집회였다. 첫 번째 탄핵소추안은 여당 의원들의 집단적 불참으로 파기돼서 시민들이 잔뜩 긴장하고 있었다. 오래 우울증을 앓았던 도도는 가벼운 불안 장애도 있어서 원래 사람이 많은 곳에는 잘 가지 못했다. 그래도 그 집회에는 꼭 가고 싶어 했다. 언니랑 같이 가면 괜찮을 거 같다고 환히 웃는 도도의 얼굴을 외면할 수 없었다. 자신도 우울증에 걸린 거 같다는, 사람이 많은 곳에 가기 싫어졌다는 말은 꺼내지도 못했다.

그날 여의도는 인파로 가득했다. 함께 타고 간 버스 승객들도 두셋을 제외하고는 모두 국회의사당 근처에 내렸다. 도도는 이선의 손을 꼭 쥐고 걸었다. 작고 해사한 얼굴에 호기심이 어려 있었다. 평소보다 조금 들떠 보이기도 했다. 어린아이 같았다. 탄핵소추안이 가결됐음이 알려지던 순간 도도도 광장의 다른 이들처럼 제자리에서 방방 뛰며 환호를 질렀다.

그리고 이틀 뒤 도도는 자살을 기도했다.

"저기, 저기요. 이거 받으세요."

소녀가 갑자기 뒤돌아서 이선을 부르더니 팔을 뻗어 핫팩을 건넸다. 사양해도 소용없었다. 귀여운 모습의 군인이 인쇄된 포장지를 뜯어서 팩을 꺼내 가볍게 흔들었다. 날이 너무 추운지 좀처럼 따뜻해지지 않았다. 100년 전 흡혈귀가 된 이후 추위나 더위 탓에 물리적으로 힘들었던 적은 없었지만 지금은 왠지 온기 자체가 간절했다. 이번에는 힘을 살짝 더 주고 팩을 흔들었다. 금세 따뜻해졌다.

어느덧 행진이 시작됐다. 깃발이 흔하디 흔하게 휘날리고 각양각색 응원봉 불빛이 반짝이는 가운데 이선은 휴대폰 손전등 기능도 켜지 않은 채 탈래탈래 걸었지만 아무도 이쪽을 주시하지 않았다. 그도 그럴 것이, 이선은 대열의 많고 많은 젊은 여성 중 하나일 뿐이었다. 여의도 집회 때처럼 왠지 남성은, 특히 젊은 남성은 드물었다. 100년을 이 모습으로 살면서 주류에 속한다는 느낌을 받은 적은 별로 없었는데 이번 내란 사태 이후로는 가끔 그런 느낌이 들었다.

구호와 노래. 불빛. 걸음걸음 흐르는 뜨겁고도 차가운 분노. 젊은 여성들이 대열의 다수를 차지한 걸 빼고는 어딘가 무척 익숙한 분위기였다. 돌연 너무 많은 감정과 감각과 장면이 이선을 덮쳤다. 수많은 날들을 한꺼번에 살고 있는 기분이 들었다. 조금 어지러운 것도 같아서 다리에 힘을 줬다. 아까 북촌에서 만난 소녀도 여전히 또래 친구들에게 둘러싸인 채 행진하고 있었다. 한세나. 아직 통성명한 사이도 아니건만 이선은 소녀의 이름을 이미 알고 있었다. 그리고 눈길만은 세나를 집요하게 쫓고 있었다.

❖

"아까 지하철 타고 오면서 트위터 잠깐 봤는데 남태령이 동학 농민 운동 때 전봉준이 못 넘었다던 우금치래요. 전봉준 투쟁단이 이번에 반드시 우금치를 넘을 거라고. 언니, 우리가 지금 바로 역사적 현장에 있는 거예요."

친구들과는 명동에서 헤어지고 이선과 단둘이 남태령까지 온 세나는 밤이 깊어질수록 점점 더 말이 많아졌다. 언니라고 부르면서 친근하게 굴었다. 곧 대학생이 된다지만 아직 어른에게 기대고 싶고 언니도 한창 좋아할 나이다. 밈이 적힌 대자보를 앞뒤로 두르고 재잘대는 모습이 너무 귀여웠다.

"그때는 저도 태어나고 얼마 안 됐을 때라 잘 모르긴 하지만 그러고 보니 의미 깊네요. 여기는 우금치가 있는 공주가 아니지만요."

"태어나고 얼마 안 됐을 때요? 아, 언니. 저도 역사 잘 모르긴 하는데 동학 농민 운동은 조선 시대에 있었던 거라서요. 올해가 130주년이라는데…."

세나의 당황한 표정을 보자니 더 웃음이 나왔다. 130년이면 이선이 이 세계를 떠돈 시간이다. 그중 100년은 괴물로서.

"농담이죠. 물론."

세나가 그제야 안심한 듯 다시 재잘대기 시작했다. 이번에는 가족 이야기였다.

"할머니, 할아버지는 그때 광주에 계셨대요. 할아버지는 광주 바닥에서 소문난 백수건달이었는데 할머니 만나고서야 정신 차리고 목수 일 배우기 시작했대요."

"윤석열은 방 빼라."

"경찰은 차 빼라."

구호와 노래, 무대 발언에 묻혀 중간중간 잘 들리지 않았지만 세나의 말을 이해하는 데는 어려움이 별로 없었다. 어떤 의미에선 세나의 가족 이야기는 세나보다 이선이 훨씬 잘 알고 있었다.

어느덧 세나의 말이 자꾸 꼬였다. 세나는 몸도 잘 가누지 못했다. 처음엔 졸려서 그러는 줄로만 알았는데 점점 상태가 심상치 않았다. 아까 이쪽으로 건네진 김밥과 샌드위치도 먹지 않고 뒷줄로 넘기던 것이 생각났다. 먹는 게 너무 좋다고, 가리는 게 없지만 북촌 할머니가 만들어 주는 음식이 제일 맛있다고, 할머니 집에만 다녀오면 몸무게가 기본 3킬로그램은 불어난다고 했는데. 아무래도 보통 일이 아니었다.

이선은 트위터로 난방 버스 위치를 검색하고 나서 세나를 둘러업었다. 이선에게는 깃털만큼 가벼운 몸이었다.

따뜻한 버스 안에 들어가서도 세나는 좀처럼 정신을 차리지 못했다.

"지금 자면 안 돼요. 있잖아요, 내가 재밌는 얘기 해 줄게요. 그날 있었던 일이요."

"그날, 그날이 언제예요?"

그날, 그날은. 그날들은.

"남자한테 미쳐서 광주 갔을 때요. 그날이요."

"아, 언니 첫사랑?"

첫사랑? 확신할 순 없었지만 이선은 그냥 고개를 끄덕였다. 첫사랑이라는 것이 한 사람이 태어나 나 아닌 다른 이에게 최초로 품는 가장 여리고도 열정적인 마음을 뜻한다면 그 남자는 첫사랑에 가까웠다. 돌아보면 그 남자보다 더

한 쾌락을 준 남자는 많았지만 그렇게 마음을 순하게 만들었던 이는 드물었다. 어둠 속에서도 해사하게 떠오르던 그의 젊은 몸이, 욕망에 들떠 있으면서도 여자에게 상처 주고 싶어 하지 않던 손길이 아직도 생생했다.

그런 사람을 저 좋을 대로 쓰고 버리고 싶지 않아서 이선은 곧 관계를 정리할 생각이었지만 광주에 난리가 났다는 소문을 듣고서는 가만히 있을 수 없었다. 대학생들이 무슨 데모를 크게 해서 좀 과하게 진압한다고도 했고 북한에서 간첩이 내려와서 충동질한다고도 했고, 월남전에서부터 독이 오를 대로 오른 군인들이 시민이고 데모꾼이고 가리지 않고 살육한다고도 했다. 그리고 그 모든 일이 군사정권에 불만을 품은 자들이 지어낸 헛소문이라는 소문도 있었다. 어떻든 운동권 대학생이던 남자의 안위를 제 눈으로 확인하고 싶었.

그리고 이선은 가서 보았다. 시민들의 항전으로 계엄군이 잠시 물러간 거리 곳곳에 죽은 자들이 날생선처럼 쌓여 있는 것을. 그저 길을 가던 임산부의 배를 군인들이 웃으며 가르는 것을 보았다는 증언을 들었다. 한밤중에도 시내를 가로지르던 횃불을 보았다.

"나는 아마도 영혼을 가끔 볼 수 있어요. 그런데 귀신 같은 건 아니에요. 언젠가부터 꿈에서도 죽은 사람은 안 나와요. 하지만 밤낮으로 광주 시내를 헤집고 다녀도 그 사람도, 그 사람의 생령도 만날 수 없었어요. 그렇다고 반드시 죽었다는 건 아니지만요."

"생령이요? 사람 몸에서 영혼이 분리되는 뭐, 그런 거요?"

"아마도. 몸이 감당하기 힘들 만큼 마음이 아플 때 그런 일이 일어나지 않나 싶어요. 그런데 그런 현상이 정말 실재한대도 제가 항상 그걸 목격하는 건지는 또 모르겠고요. 평온한 마음일 때는 거의 보이지 않으니까요."

"와, 재밌어요. 언니, 이 설정으로 웹소설 한번 써 보세요."

"사랑하는 광주 시민 여러분, 지금 계엄군이 쳐들어오고 있습니다. 우리의 형제자매들이 계엄군의 총칼에 죽어가고 있습니다. 시민들이 나와서 학생들을 살려 주세요. 광주 시민 여러분, 우리를 잊지 말아 주세요."

이선이 그때 들은 방송을 고대로 읊었다. 그날 오랫동안 광주 시내에 울려 퍼지던 방송이었다. 그 뒤에도 도무지 잊히지 않았다. 그 떨리던 젊은 여성의 목소리가. 마치 영원히 늘어지지 않는 카세트테이프같이 이선의 머릿속에서는 그날이 무시로 울리고 있었다.

아직 정신이 몽롱해 보이는 세나가 힘차게 손뼉을 쳤다.

"언니 진짜 대단해요. 이렇게 긴 걸 다 외우고. 그래서요?"

그때까지 남자를 만나지 못한 이선은 그날 새벽 방송을 듣고 도청으로 갔다. 요령 부릴 줄 모르는 남자가 예정된 패배에도 불구하고 도청을 사수하고 있을 것만 같았다. 거듭되는 방송에도 그날 광주 시내는 대체로 어둡고 조용했다. 계엄군을 물리쳤다는 해방의 감격도 잠시, 계산이 들어서고 현실을 인식하던 때였다. 모두 알고 있었다. 시민군으로, 아니, 광주 시민 전부가 있는 대로 무기를 들고 나선다고 하더라도 나라 전체의 군대를 이길 수는 없다는 사실을. 그렇다고 무장을 해제한 채 시민 모두가 군대 앞을 막아설 자신도 없었다. 제 목숨을 지키고 싶다는 자연스러운 본능과 물색 모르는 어린 자식들이 창문을 닫아걸게 했을 것이다. 침묵이 온 시내에 내려앉았다.

"근데 이거 옛날얘기 아니에요?"

세나의 반문에도 아랑곳하지 않고 이선은 이야기를 계속했다. 그날 도청 근처에서 피를 철철 흘리며 기어가던 시민군을 만난 이야기를. 실명을 서로 알리지 않는 시민군 사이에서 자신은 만두로 불렸다는 걸. 동거하던 여자를 찾아가 달라고 했다는 걸. 가서 광주도 자신도 다 잊고 멀리 가서 살라고 말해 달라고 했다는 걸. 대충 사랑해서 미안하다고 전해 달라고 했던 말이 마지막이었다는 것도.

하지 않은 이야기도 있었다.

그날 광주 시내에 가득했던 피 냄새에 살의를 참기 너무 힘들었다는 걸. 자신이 저 군인들과 다른 것이 무엇인지 알 수 없어져서 스스로를 없애고 싶었다는 걸. 총을 맞으면 자신도 죽을 것이고 운이 나쁘면 푸른 피를 전시당하며 오래 치욕을 견뎌야 할지도 몰랐지만 그때는 모멸감이 두려움을 이겼다고. 눈앞에서 죽어가던 시민군 대신 죽어도 좋다고 생각했다고.

무엇보다 수십 년이 지난 지금도 그날을 끊임없이 재구성한다는 걸. 더 마땅해야 했던 그날을. 구성진 전라도 사투리와 어색한 서울말이 섞인 남자의 말을 계속 복기한다는 것을.

그날 이선은 남자의 피 흐르는 몸에 입술을 갖다 대고 싶은 충동을 피가 나올 정도로 입술을 깨물면서 참아냈다. 손에 아무렇게나 걸려든 나뭇가지로 엄지 마디를 그어 방울방울 솟는 검푸른 피를 남자의 혀에 발랐다.

이내 정신이 든 남자가 입을 열었다.

— 나가 볼쎄로 죽어부렀당가. 아가씨는 혹시 천사당가요?

— 아닙니다. 나는 괴물입니다.

— 말씨로는 전라도 사람은 아니랑게요.

— 맞습니다. 서울에서 왔습니다.

— 아, 나도 서울말 좀 할 줄 아는데요. 제 입안에 이건 뭐예요? 비릿하기도 하고 약간 달달하기도 한데.

— 제 피입니다. 이걸 보통 사람이 마시면 죽어가던 사람도 살아나지만 다시는 전처럼 제 머리로 생각할 수 없게 됩니다. 그래도 여생을 대충 기분 좋게 살 수 있습니다. 괴물의 몸에서 나온 것치곤 그리 나쁘지 않아요. 그런데 이걸로는 부족해요. 조금 더 마시게 될 겁니다.

— 그렇다면 지는 싫습니다, 천사님. 지는 전엔 그냥 건달이었어라. 우리 경아 만나서 이제 기술 배워서 진짜 제대로 살려고 했당게요. 그런데 그날 봤지라우. 허리도 제대로 펴

지 못하고 다니는 노인의 등을 걷어차는걸. 화사하게 봄옷을 차려입고 곱게 화장한 경아 또래 아가씨가 거리에서 군홧발에 잔인하게 밟히는걸, 그놈들이 보란 듯이 젖가슴을 난자하고 아랫도리를 총부리로 쑤시는 걸 지 눈으로 똑똑히 봤습니다. 저들의 총 앞에 굴복하지 않으면 가장 연약하고 아름다운 것도 우리에게는 허락하지 않겠다는 듯이. 마지막 남은 부드러움도 무참히 짓이겠다는 듯이. 그때 알았습니다. 사람이 끝끝내 지켜야 하는 것이 바로 연약함이라는 걸. 그것이 사람의 거의 전부라는 것을요. 단단한 뼈가 있는 것은 부드러운 살과 내장을 지키기 위해서라는 걸. 그래서 강해져야 했습니다. 경아한테 말도 없이 총을 들었습니다. 나는 가방끈도 짧고 무식하지만 군인들이 자기 나라 국민에게 그래선 안 된다는 건 알아요. 아니, 사람이 사람에게 그래선 안 된다는 걸 알지라. 태어나서 이렇게 떳떳한 적은 처음입니다. 나는 이제야말로 생각이란 걸 하고 있습니다. 스스로 생각하고 그에 따라 마음을 다한다는 게 얼마나 중요한지 이제 압니다. 그러니, 지를 이대로 죽게 내버려두시오. 연좌제라는 게 있다는데 식도 올리지 않은 게 돌아보면 잘되었습니다. 그래도 혹시 피해가 갈지 모르니 시신을 어디든 외진 곳에 버려 주쇼. 부탁입니다.

이선은 남자의 눈을 꿰뚫듯이 바라봤다. 남자는 진심이었다. 주소도 또박또박 불러 주었다.

— 경아에게 내가 죽었다는 말은 좀 전해 주쇼. 혹시라도

돌아올까 봐 내내 기다리면 안 되지 않습니까. 우리 경아는 광주 사람도 아닙니다. 서울 말씨를 놀리고 따라하면서도 경아가 나 같은 놈이랑 이리 살지 말고 고운 서울 아가씨로 사는 것도 좋겠다고 생각했습니다. 대대로 차별받던 이 땅에서는 더 무도하게 굴어도 된다고 생각했던 자들입니다. 서울 친척 찾아가서 하고 싶어 하던 공부도 더 하고 좋은 남자 만나서 새출발하라고 좀 전해 주시오. 나는 그런 걸 보고도 당신이 있는 집으로 돌아갈 수는 없었다고. 대충 사랑해서 미안하다고.

그 모습이 누군가를 너무 닮았다는 생각이 들었다.

이선은 남자의 목에 순식간에 이를 박아 넣었다. 남자는 큰 고통 없이 죽었다. 주저도 잠시, 남자를 먹었다. 죽어서도 사랑하는 사람을 힘들게 하지 않으려는 남자의 뜻을 최대한 존중하고 싶었다.

그리고 이선은 이 일을 오래도록 후회했다….

"언니, 우리 트위터 맞팔해요."

세나의 말에 이선은 정신이 들었다. 잠시 망설이다 앱을 열었다.

팔로우를 마치자마자 세나가 말했다.

"언니, 나 생리 터진 거 같아요."

어느덧 지하철 첫차 시간이 가까웠다. 이선은 세나를 껴안다시피 하고 지하철역으로 갔다. 지하철 역 안도 후끈했다. 화장실에는 트위터에서 본 대로 생리대와 타이레놀, 핫팩이 쌓여 있었다. 세나가 개별 포장된 생리대를 하나 가지고 칸 안으로 들어가는 걸 보고 이선은 밖으로 나왔다.

발길 이끄는 대로 가는 곳곳마다 추위에 질린 젊은 여성들의 얼굴이 눈꽃처럼 피어 있었다. 연약하면서도 나뭇가지를 부러뜨릴 만큼 강했다. 육교 앞에서 이선은 걸음을 멈췄다. 낯익은 곳이었다. 도도가 입원한 병원이 여기서 아주 가까웠다.

도도는 시를 좋아했다. 동시대 한국 시인의 시집을 꾸준히 사 모았다. 다음에는 정다연을 읽어 봐야겠어요. 자살을 기도하기 전 마지막으로 만난 날도 그런 말을 했다. 상태가 좋을 때는 노트에 만년필로 자기 시를 썼다. 하지만 어디든 시를 발표하지 않았고 이선에게도 한 번도 보여 준 적이 없었다.

이선은 트위터 앱을 열었다. 도도의 계정으로 들어가서 마지막 트윗을 한참 읽었다.

**이곳은 또 너무 환해. 또 너무 어두워. 나는 이제 더는 조도를 조절할 수 없어. 모두 너무 미안해.**

이미 백번은 넘게 읽은 트윗이었다. 도도가 자살 직전 남긴 이 트윗이 어쩌면 도도가 처음으로 발표한 시일지도 모른다는 생각이 처음으로 들었다. 이선은 조금 어지러웠다.

도도가 일어나면 맨 먼저 해 줄 이야기가 생각났다. 1981

년 1월 중앙지에 실린 신춘문예 당선작과 시인의 약력을 읽고 신문을 구겨 버렸던 날의 이야기가.

**한 줌의 톱밥을 불빛 속에 적셔주고
모두들 아무 말도 하지 않았다**<sup>**</sup>

광주 출생. 전남대학교….

걷잡을 수 없이 화가 난 이선은 한달음에 광주로 내려갔다. 사내자식이. 그런 일을 겪고도 목격하고도 입을 처닫고 이런 나약한 싯줄이나 쓰고. 섦은 시인의 멱살을 잡고 잔뜩 분풀이하고 싶었다. 시인이 뭘 겪었는지 어디 있는지 어디 사는지도 모르고 그렇게. 그리고 그날 밤 보았다. 까맣게 어둠이 내린 시각 광주 시내를 가득 채운 생령들을. 슬프고 슬프던 그 모습을. 그럼에도 형형하던 눈망울들을. 그 빛들을.

그날 자신은 태어나서 처음으로 시라는 것이 뭔지 알 거 같았다고 말해 주고 싶다. 도도에게.

크로스백을 열었다. 하나 남은 귤은 약간 짓물러서 상해가는 냄새가 났다. 낮에 산 시집은 귤 물도 들지 않고 고스란했다. 『서로에게 기대서 끝까지』. 돛단배에 의지해서 둘이 항해하는 모습의 표지 그림을 한참 들여다보다가 책 아무 데나 펼쳤다.

---

** 「사평역에서」, 곽재구, 1981년 중앙일보 신춘문예 당선작.

### 해사한 남자의 얼굴에 빛이 고여 흐르고[***]

생각나는 얼굴이 있었다. 하나가 아니었다. 둘인 건 확실한데 더 있는 것도 같았다. 문득 아주 오랜만에 눈물이 쏟아질 듯했다.

✉ 님 글 너무 재밌어요. 시간 가는 줄도 모르고 읽었어요. 계속 써 주세요.

도도는 이선의 트위터 계정 최초의 팔로워였다. 먼저 디엠을 보내서 친구가 되고 싶어 했다. 그 무렵 이선은 자신을 숨기며 살아가는 데 진력이 나 있었다. 처음엔 자신이 쓴 모든 글을 어쩌면 도도가 믿고 있는지도 모른다고 생각했지만 아니었다. 언니, 뱀파이어면 어때요. 난 괜찮아요. 나도 정신병잔데 뭐. 남만 해치지 않으면 돼요. 약 꼬박꼬박 잘 챙겨 먹고. 디엠을 주고받고 밖에서도 여러 번 만난 지 반년이 넘었을 때 도도가 한 말이었다. 이선은 그저 도도의 흔한 정신병자 친구 중 하나였다. 도도는 이선을 몰랐다. 아마도 영원히 모를 것이다.

그런데 자신은 도도를 아는가. 도도가 이대로 죽음으로 건너간다면 더더욱 모를 것이다. 이선은 죽음을 모른다. 꿈

---

[***] 「익스트림 클로즈업」, 『서로에게 기대서 끝까지』(정다연, 창비, 2021) 수록

에서도 죽은 이들은 보이지 않는다. 좀처럼 죽지도 않는다. 죽음은 삶의 일부다. 그러므로 자신은 삶도 모른다.

그러나 이것만은 안다. 더러 시간이 한꺼번에 흐른다는 걸. 어제의 빛이 오늘의 빛과 이어지고 끝내 내일로 가 닿는다는 걸.

그러니, 도도야. 너는 시를 써야 해. 세상에 내놓아야 해. 일어나, 도도. 너는 조도를 조절할 수 있어.

경아야, 깨어나 얼른.

나의 아이들아, 일어나.

눈물이 더는 나오지 않았다. 이제 다음을 생각해야 했다. 다시 걸어야 했다. 이선은 트위터 앱을 열었다. 세나에게 이미 너무 많은 이야기를 했다. 그 애가 자신을 찾아내는 일은 없어야 했다. 지금이야말로 계폭이란 걸 할 때였다.

leeseon@chronicles1894.
**계정을 비활성화하시겠습니까?**

이선은 잠시 생각에 잠겼다. 영원히 증언할 수 없다고 해도 기록해 두는 건 또 다른 문제였다. 이대로 껴안고 있기에는 지난 100년 동안 쌓인 것이 너무 많았다. 삼킨 무고함이 너무 많았다. 제아무리 괴물일지언정 하루에 100년을 살 수는 없다. 두 시간 반 만에 끝났다는 계엄이 실제로는 수많은 날들을 불러온 것처럼, 숱한 미친 날을 예고한 것처럼. 계속 그렇게 살아갈 수는 없었다.

고심 끝에 '취소' 버튼을 누르고 닉네임과 아이디를 바꿨다. anonymous@letmeout2024. 이번에는 비공개 계정이었다.

그때 누군가의 몸이 어깨를 스쳤다.

"죄송합니다."

돌아보니 반짝이는 응원봉을 든 젊은 여자 둘이 서로에게 몸을 기대고 지친 발걸음을 옮기고 있었다. 따지고 보면 길을 막고 선 자신의 잘못이다. 이선은 사과하려다 말고 제자리에 선 채 멀어지는 불빛을 가만히 바라보았다.

그리고 한 줌의 웃음을 불빛 속에 던져 주었다.

◦ 작가의 말 ◦

 이 소설은 『이선 연대기』라는 장편의 일부이기도 합니다. 1894년에 태어나 일제강점기에 흡혈귀가 되어 굴곡진 현대사를 거쳐 먼 미래에 이르기까지 살아가는 이선의 시작이 궁금하신 분들은 구픽 출판사의 다른 앤솔러지 『절망과 열정의 시대』에 수록된 「푸른 달빛은 혈관을 휘돌아 나가고」를 참고하실 수 있습니다.

 1980년 5월 17일 비상계엄 전국 확대를 시작으로 5월 27일에 이르기까지 광주에서 일어났던 시민들의 투쟁을 일컫는 공식 명칭은 '5.18 민주화 운동'이지만 저항과 투쟁의 의미가 강조된 '5.18 민주화 항쟁'이 더 적확한 명칭이라고 생각합니다. 이 소설에서는 후자로 표기했습니다. 개정 헌법에는 4.19와 더불어 5.18 정신이 꼭 명시되었으면 합니다. 그날들의 빛이 이어져서 지금의 우리를 밝히고 있다는 것을 천명하길 바랍니다.

 끝으로 선창하겠습니다. 마음 속으로라도 좋으니 따라 외쳐 주십시오.

 받들어 빛. 투쟁.

# 그럴 수 있었던 이야기

류호성

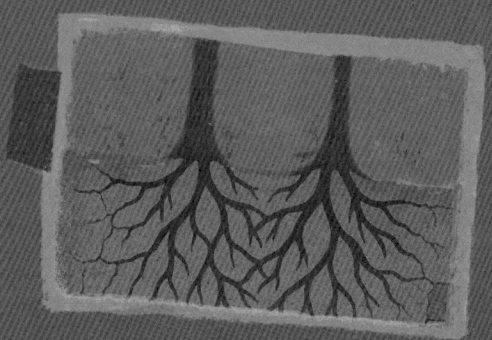

"이에 대통령의 권한으로, 전국에 비상계엄을 선포합니다."

은하 네트워크를 통해 발표되는 선언에, 대통령을 포함한 내각은 심각한 표정으로 화면을 바라보고 있었습니다. 홀로비전에서는 반복적으로 은하합중국 대통령의 선언이 비춰지고, 리포터의 해설이 뒤따랐습니다.

"이로서 은하합중국 역시 계엄을 선포하며, 은하적인 계엄과 쿠데타의 흐름은 멈추지 않을 것으로 보입니다. 이번 조치로 인해 은하합중국은 함께 발표된 비상계엄령에 따라…."

대통령은 회의실 안에 있는 내각 일원을 천천히 돌아봤습니다. 여섯 명의 장관들은 각자 심각한 얼굴로 홀로비전을 바라보느라 대통령의 시선은 눈치채지 못한 것 같았습니다. 다들 자신의 말을 기다릴 거라고 생각했던 대통령은 잠시 당황했지만, 이내 헛기침을 하며 모두의 시선을 모았습니다.

"여러분."

누군가 홀로비전의 음성을 줄이고, 장관들은 내통령을 바라보며 다음 말을 기다렸습니다. 대통령은 이내 결심했다는 듯, 눈을 한 번 질끈 감았다 뜨고는 말했습니다.

"그런데 계엄령이라는 게 뭡니까?"

❖

인류가 은하에 진출하여 다양한 국가를 건설한 지, 벌써 세기도 힘든 세월이 흘렀습니다.

역사에 따르면 처음에는 고향 행성의 국가 식민지들로 시작했다고 하지만, 서서히 그 규모가 커지며 행성 단위로 거대해진 식민지들은 하나둘 독립을 선택했고, 이어서 고향 행성에서 그랬듯 역사는 되풀이되어 여러 행성계에 걸친 거대한 국가도, 한 행성을 나누는 작은 국가들도 생겨났습니다. 인류는 은하로 진출해도 인류였거든요.

하지만 인류는 인류였기에, 주요한 흐름과 떨어진 곳에는 대부분 신경도 쓰지 않는 외곽도 있었습니다. 모두가 대도시에 관심을 가지는 사이 평온한 일상을 보내는 시골 마을처럼요.

이 공화국이 바로 그랬습니다.

은하 외곽의 작은 행성 국가. 개척 자체는 오래전에 이루어졌지만, 외곽을 개척하는 일이었기 때문에 초기 인구도 많지 않았고 이곳 사람들은 규모를 키우는 것에도 그다지 관심이 없었습니다. 안 그래도 작은 행성임에도 아직 인류가 거주하는 구역은 전체 면적의 3분의 1도 되지 않을 정도

지요. 그나마도 대부분은 초기 개척 당시에 생겨난 행성 수도 인근에 거주합니다.

어쩌면 인류의 역동성은 그 밀도에서 오는 걸까요. 사람들이 은하를 개척하고 시간이 흐르며, 인간이 은하 전체에 고루 분포하게 되자 그 정세적 역동성이나 정치적 역동성은 서서히 줄어들었습니다. 그렇게 은하는 꽤 오랫동안 공화국도 그랬듯, 평온하고 느긋한 흐름을 보내고 있었죠.

하지만 역사의 흐름은 때로는 거칠어지기도 하죠. 이 시기가 바로 그랬습니다.

은하 곳곳에서는 최근 정치적 혼란이 이어지고 있었습니다. 각자의 주장은 다양했지만, 대부분은 "다른 행성 출신은 우리 행성에서 꺼져라!"라든가, "다양성 같은 건 필요 없다!"라든가, "우리 정부 100년 더 한다!" 같은 구호들이었지요. 이에 따르듯 많은 조치들이 은하 곳곳에서 이루어졌습니다.

문제는, '계엄'이니 '쿠데타'니 하는 개념들이 이미 수백 년은 족히 은하에서 사라졌었다는 점이죠.

"계엄령이란 '전시, 사변 등 국가 비상사태에 대통령이나 국가 행정수반이 군사적 필요나 사회의 안녕과 질서 유지를 위하여 일정한 지역의 행정권과 사법권의 전부 또는 일부를 군이 맡아 다스리는 일'을 의미한다고 합니다."

법무부 장관은 안경을 올리며, 먼지가 쌓인 사전에서 마침내 원하는 정보를 찾아낼 수 있었습니다. 대통령이 말했습니다.

"은하합중국은 최근에 전시, 사변 등 국가 비상사태가 있었나요?"

"제가 알기로는 없었습니다." 외교부 장관이 말했습니다.

"그럼 왜 그런 걸 선언한 건가요?"

"모르겠습니다."

대통령의 질문에 외교부 장관은 고개를 저었습니다.

"각하, 중요한 건 그게 아닙니다."

국방부 장관의 말에 내각 모두의 시선이 모였습니다.

"중요한 건, 은하에서 가장 거대한 은하합중국이 계엄을 선언했다는 겁니다. 얼마 전부터 여러 국가들이 '정치적 혼란'이라는 것에 빠져들었죠. 뉴스에서도 말했듯, 이게 은하적인 흐름이자 유행이라는 뜻입니다."

"흐름과 유행은 중요하죠." 대통령이 고개를 끄덕였습니다.

"아시다시피 우리는 은하 외곽의 행성국가입니다. 은하 리그에서는 끼워 주지도 않는 처지죠. 하지만 우리나라가 은하계의 빅 리그에 끼어드는 것은 내내 숙원이었습니다."

외교부 장관이 국방부 장관의 말을 이어받았습니다.

"어쩌면 이건 기회일지도 모릅니다. '정치적 혼란'이 은하적 흐름이라면, 이 흐름을 놓치면 우리는 계속해서 은하의 변방에 남겠죠. 하지만 우리가 이 흐름에 올라탄다면…."

"어쩌면 우리도 은하 강대국들에게 인정받을지도 모르겠군요!"

대통령이 외교부 장관의 말을 빼앗듯 외치자, 내각 모두의 표정이 바뀌었습니다. 대통령은 외무부 장관의 불편한 시선을 무시한 채 말을 이었습니다.

"이 흐름이 다른 나라들에게도 퍼지겠죠. 그럼 순서가 늦으면 유행에 편승한 게 될 겁니다. 그전에 우리가 먼저 나서서 흐름을 타서, 계엄을 선언하고 '정치적 혼란'이라는 걸 일으키면 강대국들이 우리를 동지라고 생각하겠죠. 여러 이득을 볼 수 있을지도 모릅니다."

"드디어 우리나라에도 강대국들의 물건들이 더 들어올까요?" 상공부 장관이 기대에 차서 말했습니다.

"유행하는 방송이나 문화도 좀 더 많이 들어올지 몰라요!" 문화부 장관도 기대에 부풀었습니다.

"뉴스를 보니, 강대국들은 계엄이나 쿠데타를 통해 정권교체를 막거나 이루어 낸다고 하더군요. 마침 곧 있으면 선거도 다가옵니다. 그전에 흐름에 동참한다면 정권을 유지할 수도 있고, 그로 인한 혜택도 볼 겁니다! 역시 난 천재야!"

대통령이 선언하며 손뼉을 치자, 두 명을 제외한 내각 전원이 박수를 쳤습니다. 한 명은 자기 의견이 빼앗긴 외무부 장관이었고, 다른 한 명은 손을 들며 조심스럽게 말한 내무부 장관이었습니다.

"저…. 하지만 우리나라는 정권교체가 이루어진 적이 없습니다. 대통령님의 아버지도, 그 아버지도, 그 할아버지도 계속 대통령이었잖아요. 우리 장관들도 사실상 세습제였고요. 굳이 따라가지 않아도 되지 않을까요?"

"그런 소극적인 자세로는 강대국들을 따라갈 수 없어요!"

대통령이 큰 소리를 내자, 조심스럽게 말하던 내무부 장관은 어깨를 움츠렸습니다. 대통령은 감히 자신의 의견에 토를 달았다는 듯 말했습니다.

"계엄이나 쿠데타가 뭔지는 모르겠지만, 강대국들이 하는 일이니 틀렸을 리 없습니다! 그들이, 물론 그들도 수백 년간 정권 교체 같은 건 없었지만, 계엄이나 쿠데타로 정권을 바꾸거나 막을 수 있다면 이유가 있겠죠. 아니, 그보다 중요한 건 '정치적 혼란'을 일으켜 이 은하적 흐름과 유행에 편승하는 겁니다! 법무부 장관, 지금 즉시 계엄령을 발동하죠!"

"법적으로는 전시, 사변 등 국가 비상사태가 있어야 합니다만…."

안경을 올리며 하는 법무부 장관의 말에 대통령은 황당하다는 듯 물었습니다.

"은하합중국도 그런 거 없이 발동했다면서요? 그럼 우리도 그러면 되는 거 아닙니까?"

"물론 그건 그렇지만, 핑계가 있다면 더 좋을 겁니다."

"그렇다면 저에게 좋은 생각이 있습니다, 각하."

국방부 장관의 말에 모두가 시선을 보냈습니다. 국방부 장관은 자랑스럽다는 듯 가슴을 편 채로 말했습니다.

"요컨대 전시나 사변이 '생기면' 되는 거 아닙니까? 그리고 이럴 때는 외적이 제일이죠! 우리 행성 주변에 소행성 지대에서 해적이 창궐한다고 보도하는 겁니다! 그리고 그걸 핑계로 혼란이 생기면 계엄을 선언하는 거죠!"

국방부 장관의 말에, "오오" 하는 작은 환성이 퍼지고 몇몇은 박수를 쳤습니다. 정부가 나서서 '혼란'을 만든다는 말에 문제를 느끼는 사람은 오히려 소수였습니다. 대통령은 앓던 이가 빠졌다는 듯 환한 미소를 지으며 말했습니다.

"좋은 생각입니다, 국방부 장관! 그럼 바로 보도하도록 하죠! 소행성 지대의 해적…. 우리 같은 은하 외곽 국가에게는 큰 문제니까, 국민들도 불안해하며 납득할 겁니다!"

❖

"최근 소행성 지대에 늘어나는 해적들로 인해 국가 안위가 위협받고 있으며…."

연일 뉴스에서는 정부의 발표가 흘러나왔습니다. 최근 소행성 지대에서 해적 출몰이 늘어났고, 이들이 무역로를 끊거나 공화국에 침공할지도 모른다는 공포를 불러오기 위한 뉴스가 이어졌습니다.

"…해적들의 쓰레기 캡슐이 행성 궤도로 반복해서 운반되고 있으며, 이에 정부는 도발이 계속되면 즉각적인 무력 투사로 해적들을 소탕하겠다며…."

하지만 아무 일도 일어나지 않았습니다.

"쓰레기 캡슐이 아예 걱정 안 된다면 거짓말이겠지만… 너무 매일 발표만 하다 보니 이젠 큰 감흥이 없는 거 같아요."

"대부분 대기권에서 타 버리잖아요?"

"무역로를 끊는다고 하지만, 실제로 뭐가 피해가 생긴 것도 아니고…."

삑. 내무부 장관은 인터뷰 뉴스가 나오던 홀로비전을 끄고 내각 모두에게 말했습니다.

"이렇듯 언론 보도만으로 위기감을 불러오고 '정치적 혼란'을 일으키려는 계획은 실패인 것 같습니다. 아무래도 실제 일상생활에 직결되지 않으니 생기는 문제 아닐까 싶습니다."

"쓰레기 캡슐을 좀 더 적극적으로 활용하면 어떨까요? 도심지 한가운데에 추락시킨다든가."

"위험 부담이 너무 크지 않을까요? 지금도 폐 컨테이너를 이용하고 있어서 잔해 때문에 들통날 가능성이 있는데."

"그런데 애당초 해적들이 왜 쓰레기 캡슐을 우리에게 보낸다는 겁니까?"

예상대로 상황이 돌아가지 않는 것에, 장관들은 서로 대책 방안을 논의했습니다. 존재하지 않는 해적들의 위협을 키우려 음모까지 꾸몄지만, 시민들이 반응하지 않는 것은 예상외였던 것입니다. 장관들의 투덜거림이 이어졌습니다.

"시민들은 진짜 위협이 뭔지도 모른다니까요. 우리가 은하 리그에 들어가기 위해서 이렇게 고생하고 있는데 협력도 하지 않고."

"일부 충성스러운 국민들은 애국심을 고취시키고 있지

만, 대부분의 반동분자, 반국가 세력들이 문제입니다."

장관들의 별 영양 없는 토의를 들으며 미간을 주무르는 대통령에게, 국방부 장관이 어느새 슬쩍 다가와 속삭였습니다.

"각하, 좋은 생각이 있습니다. 결국 위협만 이야기하고, 실제로 우리의 행동이 없으니 시민들도 위기감을 제대로 느끼지 못하고 있는 거 아니겠습니까?"

"뭔가 좋은 생각이라도 있나요, 국방부 장관?"

"저도 역사책을 좀 뒤져 봤습니다. 이럴 때는 '열병식'이라는 걸 한다는 모양입니다."

"열병식?"

생소한 단어에 대통령이 묻자, 국방부 장관은 미소를 지으며 고개를 끄덕였습니다.

"네. 우리 군대의 힘을 보여 주기 위해 군사장비와 군인들이 시민들 앞에서 퍼레이드를 하는 거죠. 우리 공화국의 우주전함을 보여 주고, 용맹한 장병들이 거리를 행진하는 겁니다. 해적 따위에 지지 않게 강하다는 걸 보여 주는 한편, 전쟁과 혼란이 다가오고 있다는 걸 알려 주는 거죠!"

"그게 정말 도움이 될까요?"

의심스럽다는 듯 물어보는 대통령의 말을 기다렸다는 듯 국방부 장관은 홀로비전을 조작했습니다. 어느새 영상에서 먼 과거의 '열병식' 영상들이 흘러나오자, 토의를 하던 장관들도 홀로그램의 비전으로 시선을 돌렸습니다.

광장을 가득 메운 군인들. 광장에 걸려 있는 국가와 군을 상징하는 상징물 깃발들. 대열을 맞춘 군인들이 발걸음을 맞춰 행진하며, 그들의 지도자를 바라보며 절도 있는 경례를 했습니다. 어떤 시대에는 오른팔을 높게 들어올리고, 어떤 시대에는 손날을 모자의 챙에 대기도 했죠. 지도자가 미소를 지으며 손을 흔들고, 거리를 행진하는 군대의 장비와 군인들에게 시민들이 환호를 보냈습니다. 지나간 시대의 그 모습을 보며, 대통령은 지도자의 모습에 자신을 겹쳐 보며 숨기지 못하고 입꼬리가 귀에 걸릴 듯 올라갔습니다.

"아주 훌륭한 계획입니다, 국방부 장관! 당장 시행하죠!"

자신의 손을 잡고 열정적으로 흔드는 대통령을 보며 국방부 장관도 미소를 지었습니다. 충성심에 빛나는 미소보다는, 권력자의 기대에 부응해 신임을 얻었다는 만족에서 오는 미소였습니다.

❖

그리하여 공화국 최초의 열병식이 열렸습니다.

수도와 가까운 부대에서 대통령과 내각 일동을 향해 대열을 맞춰 행진하며 경례하는 군인들을 볼 때, 대통령은 만족스러웠습니다. 저 많은 병사들이 전부 나의 부하이며, 나의 수족이라는 뜻이니까요! 게다가 그 '계엄령'이라는 것을 내린다면 정말로 그렇게 될 것입니다. 대통령의 머릿속에서는 그리 많지 않은 군인들의 대열이, 잊혀진 역사 속 영상에서 봤던 것 같은 광장을 가득 메우고 절도 있게 손을 높이 드는 군인들의 무리로, 다리를 높게 올리며 마치 로봇들인 것처럼 한 동작으로 행진하는 병사들로 보였습니다.

계획대로 군대는 그 길로 거리를 행진했습니다. 시민들은 처음에는 어리둥절했지만, 어쨌든 나라를 지키는 군인들의 무리에 손을 흔들어 주고 환호해 줬습니다.

공화국의 유일한 우주전함은 대기권 항행 능력이 없는 낡은 구축함 한 척이었습니다. 그 때문인지, 우주에서 항행하는 구축함의 홀로그램이 군인들 사이에서 당당히 항해했습니다. 하지만 급한 준비 탓인지, 예산 탓인지 구축함의 홀로그램은 커졌다 작아졌다를 반복하거나, 누가 봐도 불안하게 지직거렸습니다.

"이번 열병식에 예산이 많이 들어갔습니다."

내무부 장관이 예산 보고서를 제출했습니다. 대통령과 내각 일동은 그 보고서를 보면서 물었습니다.

"정말 이렇게 들었습니까?"

"그럴 리가요."

내무부 장관은 뭘 당연할 걸 묻냐는 듯 코웃음을 쳤습니다. 그 말에 예산 보고서의 총 금액을 보고 표정을 굳히던 내각 일동의 표정이 풀어졌습니다. 내무부 장관은 마치 자랑스럽다는 듯 말했습니다.

"절반 가량은 거래한 업체를 통해 세탁되어 우리 계좌로 돌아올 겁니다. 처음에는 반대했지만, 이런 식으로 활용하면 열병식도 나쁘지 않군요."

"하지만 열병식 자체에 기대했던 효과는 크지 않았습니다."

"여론 조사에 의하면, 아, 우리가 조작해 발표하기 전 말입니다, 기대만큼 정부나 군에 대한 지지가 높아지지는 않았습니다. 우주 해적에 대한 적대감이나, 위기 상황이라고 인지하는 비율도 높지 않고요. 대부분의 국민들은 이번 열병식을 큰 감흥 없이 받아들이고 있습니다."

"뭐, 우리 모두 경례도 받고 기분 좋았으니 된 거 아닙니까? 그 '계엄령'을 내렸을 때, 우리가 쓸 수 있는 힘도 목격했고요."

대통령의 말에 내각 일동은 고개를 끄덕였습니다. 그들은 열병식 때 봤던 광경을 잊을 수 없었습니다. 수백 명의 사람들이 자신들을 우러러보는 경험, 자신에게 경례하며 복종하는 광경. 지금까지 장관의 자리에서 일을 처리하고 부하들을 부리는 것과는 다른, 그 '권력'이라는 것을 직접 눈으로 목격한 듯한 경험이었습니다.

"그럼 바로 계엄을 선포할까요? 제대로 '정치적 혼란'을 불러오지는 못했지만, 적어도 맥락은 만들지 않았습니까?"

"조금 더 확실한 게 필요할 거 같습니다. 열병식에 이어 '출병'을 하면 어떻습니까?"

국방부 장관의 말에 대통령이 눈을 크게 떴습니다. 국방부 장관은 그 반응에 만족하며 이야기를 이어갔습니다.

"보다 확실한 위기를 만들기 위해서는, 역시 군대가 출동해야 하지 않겠습니까? 소행성 지대로 출병해 해적들과 맞서 싸운다, 혹은 그들을 경계한다는 것을 알리는 것이죠. 정말 군이 출동한다면 국민들도 위기 상황이 다가왔다고 믿지 않겠습니까?"

그 말에 내각 일동은 감탄했습니다. 그랬습니다. 열병식 같은 것보다, 정말 군이 출동하는 것만큼 혼란과 위기를 불러오는 일이 어디 있겠습니까? 게다가 어쩌다 정말 충돌이라도 생긴다면? 계엄령을 위한 모든 퍼즐이 맞아떨어질 것입니다.

이미 그들의 머릿속에 우주 해적은 존재하지 않았고, 그들이 만들어 낸 공포라는 사실은 사라져 있었습니다. 반복해서 우주 해적에 의한 위협을 이야기하는 사이, 그들은 자신들이 만든 정보에 빠져 있었습니다.

"좋습니다. 그럼 함대를 출동시키도록 합시다."

대통령은 고민 끝에 내린 결론이라는 듯, 고개를 끄덕이며 낮고 중후한 목소리로 말했습니다.

"우리 군이 소행성 지대의 해적들에게서 나라를 지켜 낼 겁니다. 그리고 이를 반대하는 이들은 모두 해적들과 내통한, 반국가세력입니다. 이 사실을 잊지 맙시다."

대통령의 선언에 내각 모두는 박수를 쳤습니다. 대통령의 말은 이 불확실한 상황을 꿰뚫는 진실을 담고 있었습니다. 그리고 성공해도 실패해도, 계엄령을 통해 은하 리그에 편입된다는 계획은 성공할 것이었습니다. 장밋빛 미래만이 눈앞에, 열병식에서 직접 목격했던 그 '권력'이 머지않았다는 것이 명백하게 보였습니다.

❖

존재하지 않는 것과 싸우는 것은 불가능합니다.

소행성 지대에 접근해도 우주 해적은 보이지 않고, 수색도 해 봤지만 여전히 보이지 않는다는 보고는 내각을 긴장시켰습니다. 성과가 아예 없는 것은 아니었습니다. 밀수업자들이 사용하는 비밀 창고 몇 곳을 발견했고 벌금을 물거나 체포한 것은 성과였습니다. 하지만 우주 해적은 보이지 않았습니다. 존재하지 않는 것과 싸우는 것은 불가능하니까요.

"우주 해적이 없다고요?"

대통령은 당황해 물었습니다. 국방부 장관 역시 당황한 채로 대답했습니다.

"흔적도 없습니다."

사람이란 신비한 동물이라, 때로는 자신이 만들어 낸 환상을 실제로 믿기도 합니다. 연일 이어지는 보도와 위협을 생각하는 사이, 내각 모두는 자신들이 만들어 낸 우주 해적이 사실은 존재하지 않는다는 증거 앞에서 오히려 혼란을 느꼈습니다.

"이건 위험하다는 증거입니다."

국방부 장관은 이 사태를 설명할 해답을 가지고 있었습니다.

"우주 해적들이 소행성 지대를 떠나, 언제든 우리를 침공할 준비를 하고 있다는 뜻입니다. 당장 행동하지 않으면 우리 공화국이 해적들에게 침공당하는 사건이 벌어질지도 모릅니다."

웅성웅성. 내각 일원들은 서로를 보며 수군거렸습니다.

"지금이야말로 계엄령을 선언할 때일까요?"

"은하합중국이 계엄을 선포하고도 시간이 지났습니다. 선포가 더 늦어진다면, 은하 리그에 가입하겠다는 우리의 목표도 좌절될 겁니다."

"이미 늦었을지도 모릅니다. 다른 나라들보다 먼저 계엄을 선언해야 하는데, 이대로는 우리의 자리를 빼앗길지도 모릅니다."

"이러니까 은하합중국처럼 명분이 없어도 계엄부터 선언하고 봤어야 하는 겁니다!"

"평계가 있는 게 더 좋다고 했던 사람이 누굽니까?"

자가당착이 불러온 혼란이 내각을 지배하기 시작했습니다. 우주 해적의 침공은 다가오고, 더 늦어지면 계엄령을 통해 '정치적 혼란'을 일으켜 은하 리그에 들어가는 것도 수포로 돌아갈지 모릅니다. 홀로비전을 통해 전해지는 은하합중국의 뉴스는 그런 내각의 불안을 더 키우기 좋았습니다.

은하합중국에서는 정부에 반대하는 사람들의 체포나 다

른 국가 출신들을 추방하거나 구금하는 일들이 연일 이어지고 있었습니다. 반대파를 숙청하고 정권은 수많은 일들을 마음껏 저지르고 있었습니다. 저렇게 계엄을 선포하면 권력을 마음껏 휘두를 수 있는 기회가 눈앞에 있는데, 그 기회가 손가락 사이로 흘러나가는 것 같은 초조함이 모두의 마음에 가득했습니다.

"잠깐만요, 대통령님. 잠시 홀로비전을 켜겠습니다."

그 순간, 법무부 장관이 말했습니다. 허가가 떨어지기도 전에 법무부 장관이 회의실 중앙의 홀로비전을 켜자, 익숙한 모습이 보였습니다.

공화국인 만큼, 이 작은 나라에도 국회는 있습니다. 하지만 국회라고 해도, 정부 내각과 그리 차이는 없었습니다. 오랜 시간 아무 일도 없이 평화로운 날들이 이어졌고, 정부와 국회가 다툰다거나, 국회 내에서 여당과 야당이 싸우는 일은 많지 않았습니다.

하지만 최근의 사태는, 적어도 국회에는 위기감을 불러오기에 충분했습니다. 무역로에 영향은 없지만 우주 해적의 소문이나 이어지는 쓰레기 캡슐 투척, 그로 인한 열병식 등은 국회가 보기에는 적어도 '무슨 일이 있는' 상태였고, 국회는 나름대로 이 사태를 해결해야 한다는 사명감이 생겨나고 있었습니다.

홀로비전 너머에서 국회의장은 진지한 얼굴로 말했습니다.

"우주 해적의 위협이 이어지는 현 상황에서, 현재의 노후

한 구축함 한 척만으로는 국방력이 충분하다고 보기 어렵습니다. 이에 국회는 즉각적인 신규 우주전함 취역을 요구하는 결의안을 통과시켰습니다. 이를 위한 예산은 과도한 대통령실 예산 등을 통해…."

"과도한 무슨 예산?"

대통령이 벌떡 일어나며 버럭 소리를 질렀습니다. 이 사태 이전, 대통령은 새로운 대통령실을 지으며 예산을 따냈습니다. 물론 열병식이 그랬듯 절반 가까이는 자신의 주머니로 들어오는, 쉽게 말해 '페이백' 예산이었고요. 그런데 감히 그 예산을 어디에 쓴다고?

"진정하십시오, 각하! 오히려 좋은 기회입니다."

"좋은 기회?"

국방부 장관의 말에 대통령은 다시 호통을 쳤습니다. 하지만 국방부 장관은 그저 미소를 지을 뿐이었습니다.

"네, 각하. 지금 국회가 불법적으로 예산을 운용해서 무장하겠다고 선언한 겁니다!"

대통령은 무슨 뜻인지 모르겠다는 듯 눈을 껌뻑였습니다. 국방부 장관에 이어 법무부 장관이 고개를 끄덕였습니다.

"국회가 자체적으로 무장하여 쿠데타를 일으키겠다는 선언이라고 할 수 있지 않겠습니까?"

"이걸 언론을 이용해 키우면, 의회 폭주를 막기 위해 계엄령을 선언한다는 핑계를 댈 수 있습니다."

내각은 그 말에 웅성거리기 시작했습니다. 하지만 방금

전 느꼈던 공포, 자신들이 만들어 낸 우주 해적이 침공할 거라는 것이나 계엄령 선포가 더 늦어지면 모든 것이 무위로 돌아갈 거라는 생각이 그들의 단결을 이끌어 냈습니다.

"각하, 결단을 내리셔야 합니다."

국방부 장관은 대통령을 보며 굳은 얼굴로 말했습니다.

"부하들이 이미 대기하고 있습니다. 명령만 내리시면 즉시 출동 가능합니다."

대통령은 열병식의 풍경을 떠올렸습니다. 그 충성스러운 군대. 드디어 그들이 자신의 수족이 되어 움직일 때가 된 것이라는 생각에, 슬그머니 대통령의 입꼬리가 올라갔습니다. 대통령은 고개를 끄덕였습니다.

"좋아, 빠르게 가!"

❖

"존경하는 국민 여러분."

늦은 밤.

대통령이 기자회견을 시작하는 그 순간, 수도에는 한 무리의 군인들을 태운 오니숍터가 비행하고 있었습니다.

"국회는 대통령실을 포함한 국정 운용 예산을 삭감하는 예산 폭거를 저지르고 있으며, 이를 통해 새로운 군함을 취역시키려 하고 있습니다. 이는 국회가 자체적으로 무력을 갖춰 정부를 전복시키려는 음모이며 쿠데타 시도입니다."

"이 방향이 맞습니까? 앞에 국회가 보입니다."

"좌표대로 착륙하라."

"확실합니까?"

"확실하다."

오니숄터 안에 내려온 상부의 지시에, 파일럿은 당황했습니다. 무선으로는 다시 한 번 확인하듯 지시가 내려왔습니다.

"현재 국회는 반국가세력에 의해 점거당했으며, 폭거를 저지르고 있다. 군 통수권자인 대통령 각하의 지시를 따라 반국가세력을 일소하고, 전원 체포하도록."

"이에 저는 파렴치한 반국가세력을 일거에 척결하고 자유 헌정 질서를 지키기 위해 비상 계엄을 선포합니다."

"이거 들으셨습니까?"

오니숄터 뒤, 출동한 군인들을 태운 후방 좌석에서는 개인 통신 장비를 통해 모두가 방송을 보고 있었습니다. 군인들은 서로를 바라보며 웅성거렸습니다.

"이거 어떻게 해야 합니까?"

"무슨 테러 대비 출동 아니었습니까?"

"전 훈련이라고 들었습니다?"

"이게 명령이라고 따라도 되는 겁니까?"

부하들의 말을 들으며 현장 지휘관도 당황했습니다. 지휘관 역시 어중간한 명령을 듣고 별생각 없이 나왔을 뿐이었기 때문이지요. 그런데 국회에 반국가세력이 있으니 모두 체포하라? 오니숍터에 탈 때 생각했던 것과는 전혀 다른 상황이었습니다.

이미 잊혔던 개념인 만큼, 지휘관도 계엄이니 쿠데타니 하는 것에 대해서는 별다른 지식도 생각도 없었습니다. 언젠가 역사책에서 읽었거나 사관학교에서 교육 받을 때 들었던 어렴풋한 기억만 있었죠.

하지만 그 어렴풋한 기억과 지식만으로도, 자신이 어떻게 해야 할지를 생각하는 것은 어렵지 않았습니다. 상부에서 어떤 지시를 내리더라도, 결국 이어질 상황과 행동의 책임을 지게 될 것은 자신이니까요. 지휘관은 오니숍터 조종사에게 전달했습니다.

"기지로 복귀합시다."

"이미 가고 있습니다."

오니숍터 조종사는 더 빠른 판단을 내렸습니다. 아무리 자신의 임무는 병력들을 옮기는 것뿐만이라고 해도, 말도 안 되는 명령을 따랐을 때 그 책임은 자신에게 있을 테니까요. 혹시라도 후방 좌석에 앉은 병사들이 총이라도 겨누면 어떻게 해야 할까 했는데, 그렇지 않다는 것이 그나마 유일한 위안이었습니다.

한편, 대통령의 기자회견은 전국의 홀로비전에도 송출되고 있었습니다.

"이게 무슨 소리야?"

사람들의 혼란도 국회로 출동하던 군인들과 그리 다르

지 않았습니다. 늦은 밤중의 예고 없는 발표, 그것도 개념조차 생소해진 '계엄령'의 선언은 무슨 일이 생겼다는 인식과 혼란만을 불러왔습니다. 이윽고 발표된 계엄령의 구체적인 내용은 그 혼란을 더욱 부추길 뿐이었습니다.

"정치 활동이나 언론, 출판도 전부 금지라고?"

"통금?"

"이거 어떻게 해야 해?"

늦은 밤이었음에도 집에서, 직장에서, 거리에서 각자 계엄 선포를 듣던 사람들은 서로 이야기를 나눴습니다. 당장 무슨 일이 생길까, 어떻게 해야 할까 고민하는 사이 누군가는 결론을 내렸습니다.

"군대가 국회로 간다면, 우리도 국회로 가야지!"

그 외침과 결정은 어떠한 근거가 있어서는 아니었습니다. 그저 계엄이 뭔지는 모르겠지만 국회에서 국회의원들을 체포하겠다니까, 그걸 막겠다는 것. 고작 그 정도의 생각이었지만, 그 선언은 다른 사람들에게도 마치 전염되듯 퍼져나갔습니다.

"그래, 무슨 권리로 체포한대?"

"예산을 깎는 것도, 군함을 취역하는 것도 아직 한 것도 아니잖아?"

"다들 국회로 갑시다!"

그 소식이 전해지자, 기자회견을 마치고 내각 회의실로 돌아왔던 대통령은 황당했습니다.

"아니, 국민들이 국회로 모인다고요?"

"네, 전례 없는 일이라 왜인지 모르겠습니다. 분명 은하 합중국 때도 그렇고, 계엄을 내리면 다들 받아들이는 것이 관례인데…."

"다들 우주 해적과 내통하는 반국가세력임이 분명합니다, 대통령 각하!"

"군대는 뭘 하고 있습니까? 국회에 도착했대요? 유리창을 깨든 문을 부수든 해서 모두 잡아와! 증거야 만들면 되는 거니까!"

대통령은 어느새 평소 보여 주던 모습을 유지할 생각도 못한 채 외쳤습니다. 방금 전까지만 해도 국민들이 우주 해적과 내통하는 거 아니냐던 국방부 장관은 대통령의 말에 잠시 움찔하더니, 시선을 피하며 말했습니다.

"저, 그게, 말하기 송구스럽지만…."

"뭔데?"

대통령의 호통에 국방부 장관은 더욱 곤란해하며 대답했습니다.

"장병들이… 출동에 적극적이지 않습니다. 헬기는 철수했고, 지상 병력도 중간에 멈췄습니다. 부당한 명령에 저항하겠다고 합니다."

"뭐? 부당한 명령? 이건 반역이야, 반역!"

국방부 장관의 대답에 대통령은 책상을 몇 번이나 내려치며 외쳤습니다. 열병식에서의 기억과, 그를 떠올리면 따라오는 과거 역사의 열병식이나 군인들의 모습이 생각나 그 배신감은 더욱 강했습니다. 대통령은 마치 울부짖듯 외쳤습니다.

"군 통수권자인 내가 명령을 내리는데, 왜 안 따른단 말이야!"

"대통령님, 큰일입니다!"

누군가의 외침에, 대통령은 고개를 들었습니다. 홀로비전의 화면에는 어느새 국회 앞에 모인 인파가 잡히고 있었습니다. 늦은 밤이었음에도 사람들이 국회를 가득 메우고 있었습니다.

"저, 저 반국가세력들이! 당장 다 체포해! 경찰은 뭐 하는 거야!"

❖

"슨배임."

늘어지는 발음으로 부르는 말에 국회로 출동했던 경찰은 후배를 바라봤다.

"발음 좀 똑바로 해라. 무슨 일인데?"

"위에서 연락 왔지 말임다."

말을 듣는 척도 안 하는 후배에게 혀를 차고, 경찰은 무전기의 수화기를 받았습니다.

"네, 국회 앞입니다."

"어, 나는 대통령입니다."

"여보세요?"

"나 대통령입니다."

"말씀하십시오."

"대통령입니다."

반복되는 의미 불명의 대화에 경찰은 슬슬 짜증이 났지만, 애써 참을성을 발휘했습니다.

"예, 예. 무슨 일이시죠?"

"아니, 대통령이 말하는데 관등성명도 안 대고! 뭐 하는 거야! 국회 앞에 있는 반국가세력들 다 체포 안 해?"

수화기 너머에서 들려온 버럭 하는 소리에 경찰은 귀가 아파 인상을 찌푸리며 수화기를 떨어뜨렸다가 어처구니없다는 코웃음과 함께 대답했습니다.

"반국가세력은 모르겠고, 이 인원으로 저걸 어떻게 체포합니까?"

이미 국회 앞은 시민들로 가득 차 있었습니다. 사람들은 이구동성으로 '계엄철폐'를 외치며 마치 국회를 지키겠다는 듯 국회의사당과 그 앞을 버티듯 서 있었습니다. 홀로비전으로 중계되는 화면으로 내각 회의실에서 바라보면서도, 대통령은 자신의 명령이 논리 이전에 물리적으로 말이 안 된다는 사실은 신경 쓰지 않았습니다.

"계엄령이 내려졌는데! 정치 활동이나 집회도 금지인데 체포 안 해? 안 되면 총이라도 쏴!"

"지금 시민들에게 총을 쏘라는 말씀입니까?"

"저게 무슨 시민이야! 폭도야, 폭도! 계엄령도 안 지키는 반국가세력 폭도!"

"슨배임, 뭐랍니까? 우리 퇴근해도 된답니까?"

앞뒤로 쏟아지는 질문에 한숨을 쉬고, 경찰은 수화기 너머로 말했습니다.

"방금 말씀은 못 들은 걸로 하겠습니다. 아무튼 경찰은 시민들을 체포할 권한과 능력이 부족합니다. 이대로 질서 유지와 시민 안전 확보에 주력하겠습니다. 그럼 끊습니다."

뚝.

"여보세요? 야, 야!"

대통령은 수화기 너머로 소리쳤지만, 이미 끊어진 통신은 연결되지 않았습니다. 이제 혈압이 오른 대통령은 국방부 장관을 노려보며 외쳤습니다.

"당장 군대 연결해!"

"지금 연결했습니다, 각하!"

국방부 장관이 즉시 다른 수화기를 넘기자, 대통령은 크흠, 하고 목을 한 번 가다듬고는 즉각 외쳤습니다.

"군대! 너희 미쳤어? 당장 국회로 가서 다 끄집어내라고!"

"충성통신보안을생활화합시다군사령부상황병입니다무엇을도와드릴"

"시끄러! 사령관 바꿔!"

"사령관님, 누군진 모르겠는데 사령관님 바꾸랍니다."

수화기 너머에서 들리는 목소리에 대통령은 다시 혈압이 치솟는 걸 느꼈지만, 사령관이 통화를 받기까지 기다렸습니다. 이윽고 목소리가 들려왔습니다.

"누구신데 사령부에 전화하셨습니까?"

"나 대통령이야! 지금 뭐 하는 거야! 당장 국회로 군대 안 보내?"

씩씩거리며 소리를 지르는 대통령에게 사령관은 시큰둥한 태도로 대답했습니다.

"보냈습니다?"

"야! 사령관! 장난하는 거야? 헬기는 복귀하고 지상 병력도 가다 멈췄잖아! 그게 무슨 보낸 거야! 국회 문을 부수고 창문을 깨서라도 반국가세력을 체포하라고!"

"병사들이 부당한 명령은 따를 수 없다고 했습니다. 사령관으로서 그 판단을 존중하고 같은 의견입니다. 사실, 더 나아가서 오늘부로 군대는 파업에 들어가기로 했습니다."

소리를 지르는 대통령에게 당연하다는 듯 대답하는 사령관의 말에, 대통령은 순간 말문이 막혔습니다. 대통령은 겨우 더듬거리며 말을 쥐어짜냈습니다.

"무, 뭐? 파업? 야, 사령관! 계엄포고문 안 읽었어? 일체의 정치 행동이나 파업은 금지야, 금지! 그런데 군대가 파업? 미쳤어?"

"계엄 방송 들었습니다. 국회가 새 군함 취역하자고 했다고 쿠데타라고 하셨죠?"

"그래! 그런데 군대가 국회를 무장해제는 못할망정….”

"아직 예산도 안 나왔는데 무슨 무장해제를 합니까? 그리고 대통령님, 우주 해적 잡는다고 출격한 우리 배 상태가 어떤지는 아십니까? 화장실 물도 안 내려가서 그냥 우주에 버리고 있습니다. 그런데 새 배 하나 취역시키는 게 그렇게 어렵습니까?”

사령관은 대통령의 말을 끊으며 대답했습니다. 자신도 모르게 주먹에 힘이 쥐어지는 것을 느꼈습니다. 사령관은 이를 악물며 대답했습니다.

"지난 우주 해적 대응 출동 과정에서도 사고로 순직한 장병이 있는 거, 알고 계시죠? 국방부 장관께서 사진 잘 나오게 하라고 계류선 없이 투입해서였죠. 대통령님도 감싸셨고요.”

목소리에 담긴 사령관의 분노에 대통령은 순간 숨을 들이쉬었습니다. 사령관은 애써 화를 삭이는 게 명백한 목소리로 말했습니다.

"저도 현장 지휘관도 국방부 장관의 절차를 무시한 명령을 거부했어야 했는데, 그를 따른 것에 깊은 책임을 느끼고 있습니다. 그래서 부당한 지시는 따를 수 없으며 따르지 않아야 한다는 원칙을 확실히 했고, 이번 계엄 출동도 동일한 원칙으로 후회할 일은 하지 않겠습니다. 덧붙여서 국회의 새 우주전함 취역 필요에 공감하며 군은 파업합니다. 이만 끊겠습니다.”

"야, 사령관! 야! 야 이 새끼야! 까라면 까야지! 군인은 죽으라면 죽는 거야! 야!"

대통령이 참지 못하고 수화기 너머로 외쳐댔지만, 통화가 끊어진 수화기 너머로 소리가 전달될 수는 없었습니다. 전달되었어도 그리 차이는 없었겠지만요.

"국방부 장관, 부하들 관리를 어떻게 시키는 거야! 열병식 때는 그렇게 충성하더니, 이제 와서 배신을 해? 이거야말로 쿠데타야, 쿠데타!"

와장창! 힘껏 내던진 수화기가 테이블에 부딪혀 깨졌습니다. 국방부 장관은 손찌검을 하며 소리를 지르는 대통령에게 차마 고개를 들지 못하고 변명했습니다.

"송구합니다, 각하! 하지만 열병식 때는 그런 임무고 명령이니까 따랐고, 이번에는 다르다고밖에 할 말이…."

"그걸 말이라고 해? 이걸 어떻게 할 거야!"

씩씩거리는 대통령을 달래려는 듯, 장관들이 입을 열었습니다.

"대통령님 말대로 이건 쿠데타고, 명령불복종입니다. 모조리 처벌해야 합니다!" 법무부 장관이 맞장구를 쳤습니다.

"계엄으로 통금정책을 실시하고 외국에서 오는 물자가 막히면 무슨 일이 일어나는지 다들 느끼게 될 겁니다! 상공부 장관이 고개를 끄덕였습니다.

"저…. 하지만 경찰도 군대도 명령을 따르지 않잖습니까? 무슨 수로 계엄을 유지합니까?" 내무부 장관이 소심하게 물었습니다.

"언론사도 대부분 우리에게 비판적이지만, 우리 입맛에 맞는 어용 언론사들이 있습니다. 그리고 대대로 우리 내각, 우리 정권 가문들에 충성스러운 사람들이 있지 않습니까? 그들을 동원하면 될 겁니다." 문화부 장관이 달래듯 말했습니다.

"더 좋은 방법이 있습니다."

외교부 장관의 말에 모두가 시선을 모았습니다. 외교부 장관은 왜들 난리냐는 듯, 어깨를 으쓱하며 코웃음을 쳤습니다.

"우리는 계엄을 선언하지 않았습니까? 즉 은하적 흐름, 은하적 유행을 따르는, 은하 리그의 일원이 됐다는 겁니다. 당연히 은하합중국이 우리를 도와주러 오지 않겠습니까?"

"오오!"

모두의 탄성. 대통령은 환희에 차 책상을 내려치며 말했습니다.

"맞아! 처음부터 그게 목적이었지! 은하합중국을 따라서 계엄을 선언하고, 다른 강대국들처럼 '정치적 혼란'을 일으키는 거! 이제 우리도 똑같아졌으니, 은하합중국에서 군대를 보내 줄 거야!"

"군대랑 같이 무역량도 늘어날 테고, 해외에 우리 물건이나 기술을 팔기도 쉬워지겠죠!"

"반국가세력들을 모조리 내쫓아 줄 겁니다!"

"사실 제 첩보에 의하면 이미 비밀리에 은하합중국 특수부대가 블랙옵스라는 걸 펼쳐서, 우주 해적 간첩들을 체포했다고 합니다!"

"이제 다 해결됐군요!"

내각 모두는 환호성을 질렀습니다. 그랬습니다. 그 강대한 은하합중국의 군대가 곧 우주를 가로질러 공화국에 와서, 감히 대통령과 자신들에게 반대하는 국회의원이니, 지금 국회 앞에 나가 있는 시민들이니, 말을 안 듣는 경찰이니 군대니 하는 것들을 모조리 체포할 겁니다. 늘 대통령 가문이나 장관 가문에 충성했던 일부만 남으면 공화국은 탄탄대로일 것이 분명합니다. 아니, 어쩌면 은하합중국의 새로운 가맹국이 될 수 있을지도 모릅니다!

"아예 구호도 은하합중국과 비슷하게 정하죠!"

"계엄을 선언할 때 '다시 합중국을 위대하게!'라고 했다고 합니다! 그걸 따라합시다!"

"더 짧고 굵은 구호도 있습니다! '스톱 더 스틸!'"

"스톱 더 스틸!"

의미도 모른 채 밝은 미래를 꿈꾸며 웃는 얼굴로 모두가 구호를 연발하는 사이, 홀로비전에서는 국회에서 계엄을 해제했다는 뉴스가 흘러나오고 있었습니다.

❖

당연하지만 혼란이 뒤따랐습니다.

한밤중의 계엄 선언은 사람들에게 생소하고 낯선 '계엄'

이라는 단어를 배우는 것부터 시작하도록 만들었습니다. 일터에서고 어디에서고 사람들은 그 계엄이라는 것이 뭔지에 대해 이야기를 나눴습니다.

"전쟁이나 재해가 났을 때 대통령이 명령해서 군인들이 지배하는 거래요."

"근데 전쟁도 재해도 없었잖아."

"우주 해적들이 쳐들어온다잖아! 대통령의 큰 뜻이었겠지."

"그렇지만 소행성 지대로 간 군대는 아무것도 못 찾았잖아요."

"온다는 보장도 없는데 국회부터 쳐들어가도 되는 거야?"

"법적으로도 문제가 많았다던데?"

의문은 의문을 낳고, 이어진 의문은 깨달음으로 이어졌습니다. 그 과정은 마치 아침을 맞아 천천히 눈을 뜨는 과정과도 닮아 있었습니다.

"애당초 왜 하필 국회에 군대를 보낸 거야?"

"국회에서 지들이 군함을 사려고 했으니까 그렇지!"

"그건 됐고, 설령 그렇다고 해도 왜 국회가 결정하지?"

"국회는 예산 심의권이 있대."

"왜?"

"국회의원이 국민의 대표라서라는데?"

"그랬어?"

거리에는 이미 몇몇 사람들이 목소리를 높이고 있었습니다. 이전까지는 '정치'라는 것에 대해 떠드는 '쓸데없는 일에 목소리를 높이는 사람들'이라며 기피되어 왔지만, 지금은 달랐습니다.

"국민의 대표인 이유는, 국민들이 투표를 통하여 뽑기 때문입니다."

"대통령도 투표로 뽑잖아요?"

"맞습니다. 하지만 차이가 있습니다. 대통령은 행정부의 수반으로, 국민의 대표라기보다는 위임을 받은 통치자입니다. 국회의원은 입법부의 구성원입니다. 국민의 대표로서, 국민들의 의견을 받아들여 어떤 법을, 즉 우리가 '어떤 규칙'을 따를지 논의하는 대리자입니다."

이제는 잊히고 세월에 고리타분한 이야기들이었지만, 실제 몸으로 겪게 된 사람들에게 들리는 것은 이전과 같은 무게가 아니었습니다.

"하지만 그 사실을 떠나, 정권을 가진 이들이 자의적으로 지배하려는 것이 문제입니다. 확실한 이유가 있던 것이 아니라, 그들의 의혹만으로 군을 이용해 우리를 지배하려 하지 않습니까? 대통령이 국민의 대표라고 해도, 대표라는 이유로 우리의 기본권을 통제할 수는 없습니다. 우리의 목소리를 들어야죠."

"대통령은 우리가 뽑은 지도자입니다. 그 사실을 잊지 말고, 진정으로 우리를 생각하고 위하고 대변해줄 사람을 지도자로 뽑아야 해요. 군림하려는 왕이 아니라요."

"머리 아픈 일들은 높으신 분들에게 맡기면 돼."

"아뇨, 우리가 목소리를 내야죠. 우리가 어떻게 살지, 살고 싶은지 정하는 건데요."

그 말대로, 자신들이 대변할 사람을 뽑는다는 개념을 깨달은 사람들은 앞으로 어떤 세상에 살고 싶은지에 대해서도 이야기를 나누기 시작했습니다.

며칠 사이에 사람들과 공화국의 분위기는 달라지기 시작했습니다. 이야기를 나누기 시작하니, 서로가 모르고 있던 일들과 문제들이 많이 있었습니다. 그동안 드러나지 않았기에 관심을 가지지 않았던, 하지만 이제 모른 채로 살 수 없는 일들이었습니다.

"공장에서 일하는데 월급은 적고 위험한 일이 많아요."
"그걸 고쳐 달라고 했더니 해고당했어요."
"성소수자도 편견 없이 살고 싶어요."
"내가 느끼는 성에 맞는 몸과 삶을 살고 싶어요."
"장애인도 대중교통을 이용하고 싶어요."
"다른 행성 출신이라고 무시당해요."
"농민들의 생계와 식량주권도 중요해요."
"여성도 안전하고 싶어요."
"우리 목소리를 더 많은 사람들이 알아 줬으면 좋겠어요."
"우리의 목소리를 대변해 줄 이들이 필요해요."

계엄 해제 이후에도 거리에 모이던 사람들의 목소리는 더욱 커져갔고, 새로운 시대를 바라고 있었습니다.

❖

 한편, 이제는 고립된 내각에서는 대통령과 장관들이 초조하게 은하공화국의 소식을 기다리고 있었습니다.

 "문화부 장관, 은하합중국에 뇌물은 확실하게 준 거 맞지?"

 "네, 지금 은하 각지에서 우리나라의 사태를 보도하고 있습니다."

 문화부 장관은 확인하듯 홀로비전을 틀었습니다. 은하합중국의 뉴스에서 공화국의 계엄 선언과 쿠데타 이야기가 보도되고 있었습니다.

 "…계엄 선언에도 불구하고, 공화국의 시민들은 이렇듯 거리로 나와 새로운 시대에 대한 의견과 기대를 나누고 있습니다. 군이 명령을 거부하고 계엄 조치를 하지 않은 것에 대해, 공화국 대통령은 쿠데타로 규정하며…."

 "이렇게 잘 보도되고 있습니다."

 "그런데 왜 은하합중국에서는 병력을 투입하지 않는 거지? 특수부대가 반국가세력 간첩들도 다 체포했다면서?"

 "그게…. 사실 그런 일은 없었다고 합니다. 첩보로 들었던 건데, 소스가 알고 보니 단순히 조회수를 노린 인원이었던지라…."

 "그럴 리가! 언론사에 보도도 됐잖아?"

 "준 기사 그대로 받아쓰셨다고 합니다.

 "그래도 '스톱 더 스틸' 구호도 외치고 있잖아? 은하합중

그럴 수 있었던 이야기 173

국 대통령께서도 이 일을 알고 계시겠지?"

대통령의 말에 외교부 장관은 조심스럽게 입을 열었습니다.

"그…. 말하기 곤란하지만, 은하합중국 대통령께서는 보도를 듣고는 '군이 쿠데타를 벌였다고? 그럼 쿠데타를 벌인 쪽이 우리 편이잖아?'라고 했다고…."

"그게 무슨 소리야?!"

대통령은 황당해하며 외쳤습니다. 외교부 장관은 식은땀을 뻘뻘 흘리며 입을 열었습니다.

"그, 아시잖습니까. 요즘 은하 전역에서 계엄이나 쿠데타가 이어지고 있고, 그 때문에 우리도 은하 리그에 참가하고자 계엄령을 선포했던 거요. 그래서 그쪽에서는 쿠데타가 먼저라면서 우리가 계엄을 선언했으니까, 쿠데타를 일으킨 국회랑 군대 쪽을… 더 자기네 편이라고 생각하는 것 같습니다."

"그게 무슨 말도 안 되는 소리야? 은하합중국 대통령은 생각이라는 게 없대? 우리가 이렇게 구호도 외치고 있는데!"

"어떤 사람인지 아시지 않습니까."

외교부 장관이 눈을 피하며 한 변명 같은 말에, 대통령도 말문이 막혔습니다. 어떤 사람인지 알고 있었으니까요.

"대통령 각하, 큰일입니다!"

정적을 깨고 국방부 장관의 외침이 들려왔습니다. 내각 모두가 고개를 돌렸습니다.

"폭도들이 마침내 이곳으로 오고 있다고 합니다! 지금까지 수차례 조사나 수색, 면담을 무시했더니 직접 시민들의 의견을 전달하겠답니다면서…."

"어딜 감히 반국가세력들이! 군대는? 대통령 경호처는 뭐 하는 거야?"

"국회가 탄핵을 가결해서 이제 대통령이 아니기에 적극 협조하겠답니다! 당장 몸을 피하셔야 합니다!"

그 말이 결정타였습니다. 국방부 장관의 외침과 함께 모두는 혼비백산하여 패닉에 빠졌습니다. 급하게 전화를 하고, 서류나 재산을 챙겨 뛰쳐가기 시작했습니다. 하지만 우르르 문으로 몰려가 문을 연 내각 인원들을 마주한 것은 분노한 시민들이었습니다.

"어딜 가시려는 거죠?"

"이, 이 반국가세력들이! 감히 대통령을 체포하려 들어?"

"탄핵안이 가결됐으니 이제 대통령이 아닙니다."

"내가 뭘 잘못했다고! 계엄은 대통령의 권한이야!"

"명백한 사유 없이 불법적으로 저지른 계엄은 권한이 아닙니다."

"이건 다 반국가세력의 부정선거와 개입을 알리려는 계몽령이었어!"

"그건 일부 맞는 말이네요. 덕분에 시민들이 깨어난 건 사실이니까요."

대통령이 말문이 막힌 사이, 시민들과 함께 온 경찰이 대통령과 장관들에게 수갑을 채웠습니다. 대통령은 끌려가면서도 억울하다는 듯 외쳤습니다.

"이게 말이나 돼? 이게 나라야? 정상적인 나라라면 이럴 수가 없지! 군대가 명령을 따르지 않고, 경찰들이 시민들을 막지 않고, 정부를 지지하는 시민이 없고, 시민들은 몇 마디 말에 이렇게 쉽게 깨닫는다고? 이게 나라냐고!"

하지만 그 말은 마치 주문처럼 아무런 효과도 없었습니다. 깨어나고 단결한 민중은 이제 현혹되지 않았으니까요.

"네, 이게 정상적인 나라입니다."

시민들은 당연하다는 듯 말했습니다.

"군과 경찰이 역할을 다 하고, 시민들이 옳고 그름을 판단할 수 있는 이게 나라입니다."

❖

이 모습은 함께 찾아온 기자들에 의해, 은하 전역으로 퍼졌습니다.

궤변을 늘어놓는 대통령과 장관들이 시민들의 손에 의해 체포되어 끌려가는 모습은 은하 각지에서 반향을 일으켰습니다. 대통령과 내각이 바랐던 것처럼, 공화국은 은하에서 관심의 대상이 됐습니다.

총과 무기를 들고 오랫동안 정부의 탄압에 맞서 싸웠던 사람들은 새로운 공화국의 대통령이 선출되는 것에 승리를 축하했습니다.

계엄이나 쿠데타의 영향에 있던 사람들은, 자신들도 저렇게 일어나 그들을 내쫓을 수 있다는 사실에 용기를 얻었습니다.

하나둘씩 사람들은 차례대로 잠에서 깨어났습니다. 역사의 흐름은 때로는 거칠어지니까요. 계엄이나 쿠데타가 잊힌 기억 속에서 현대로 살아났듯, 그에 맞선 저항과 시위도 현재로 돌아왔습니다. 누군가 자는 이를 깨운다면, 눈을 뜨기 마련이니까요.

은하의 '정치적 혼란'은 이어졌습니다. 하지만 그건 전기의 모습과는 달랐습니다. 은하 각지에서 수많은 시민들이 거리로 모여들어 광장을 이루었습니다. 그들을 막아야 하는 경찰과 군인들도 올바른 행동을 본 뒤였기에, 각지의 정권은 당황할 수밖에 없었습니다.

하나씩, 둘씩, 은하 각지에서는 성공한 저항의 소식이 퍼져나갔습니다. 사람들은 계엄이나 쿠데타, 시위, 민주주의 같은 단어를 찾아보듯 책에서 먼지를 털고 안을 살펴봤습니다. 옛날에 사람들은 그걸 '혁명'이라고 불렀다는 모양이었습니다.

그리고 은하합중국의 대통령 관저 앞에도 사람들이 모여들었습니다.

◦ 작가의 말 ◦

안녕하세요. 류호성입니다. 지난 2024년 12월 3일, 갑작스러운 계엄에 분노해 국회로 향했습니다. 그것이 인연이 되어 이런 기념적인 앤솔러지에 작품을 싣게 되어 영광입니다. 처음 앤솔러지 제안을 받으며 희망적인 글이었으면 좋겠다는 의견을 받아서 동화 같은 내용을 쓰면서도, 현실의 일들이 희망적이지 않아서 괴로운 시간을 보냈습니다. 때로는 절망할 것 같았지만 그래도 싸워 나가는 것이 인생이라 생각합니다. 부디 이어질 사회는 정상적인 국가가 되기를, 당연한 일들이 당연히 행해지는 사회면 좋겠습니다. 감사합니다.

# 일만 잔의 커피를 마신 너에게

홍지운

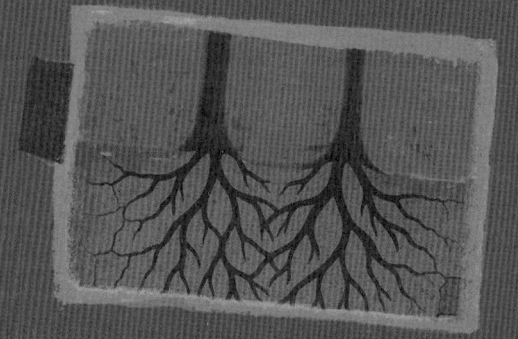

나는 지금 카페에 앉아 라디오를 들으면서 너에게 보내는 편지를 쓰고 있어. 네가 예언했던 대로 계엄을 선포하는 속보가 뜨기를 기다리면서 말이야. 10분 좀 넘게 남았는데 그 사이 편지를 다 쓸 수 있을까?

평소와는 다르게 커피를 시켜 봤어. 아이스 아메리카노로. 후회하고 있어. 정말이지 세계가 멸망하기 전에는 좀 더 맛있는 걸 더 마셔도 좋을 텐데. 안 하던 짓은 하는 게 아닌 것 같아. 내 입맛에는 진짜 안 맞아. 그래도 오늘 하루만에도 일만 잔의 커피를 마신 너의 이야기를 듣다 보니, 왠지 나도 처음이자 마지막으로 커피를 마셔 봐야겠다는 생각이 들더라고.

너에게 편지를 쓰는 게 조금 어색하기는 해. 그래도 한 번 읽어 주면 좋겠다. 어쩌면 예전에 네가 보았던 편지와는 다른 내용이 있을지도 모르잖아? 그래서 너에게 이 편지를 읽을 시간이 남아 있을지 자신하지 못하면서도 이렇게 편지를 써.

이상하다 싶기는 했어. 우리 그렇게 싸우고 있었잖아. 아니. 싸웠다는 이야기는 조금 치사한가. 내가 아주 널 박살을 내 버렸잖아. 혼쭐을 냈잖아. 너는 매번 그랬던 것처럼 그냥 말없이 내가 화내는 모습을 지켜보기만 했었잖아. 그런데 그렇게 다투는 중에 화제를 돌리고는 친한 척 구는 네 모습이 이상하다 싶기는 했어.

너는 커피를 마시다가 갑자기 묻지도 않은 이야기에 답하기 시작했지. 어제 누구와 있었는지. 오늘 어디에 갔는지. 내일 무엇을 할 것인지. 모두 내가 궁금했던 것들이었지.

그때도 말했지만 네가 내 입으로 말해 준 것과 말해 주지 않았던 것들을 뒤섞어 가며 횡설수설 떠들기 시작했던 때 조금은 질색했어. 네가 나에 대해서 뒷조사를 했다고 생각했거든. 나에 대해 알아 주기를 바라기는 했지만 이런 방식으로 알려 주고 싶지는 않았거든.

애초에 우리가 그렇게까지 길게 사귄 사이는 아니잖아. 어디까지나 내 시점에서는 말이야. 하지만 그런 사이임에도 아까 네가 나를 바라보는 눈빛은 말이야. 뭐라고 할까. 오래된 연인 사이에서만 가능한 그런 오래 묵은 김치처럼 쾌쾌하고도 시큼한 애정이 느껴졌어. 어디까지나 내 느낌으로는 말이야.

너는 나의 의심을 탓하지 못하지. 이런 감정의 과잉만으로도 충분히 피곤한데, 내가 석사 2학기 차에 지도 교수와의 술자리에서 그 자식 가발을 벗기고 그 위에 맥주를 부은 뒤 다시 씌워 준 일을 말하면서 네가 하는 말을 믿어 달라고 하는데 어떻게 의심하지 않겠어? 애초에 그날에 대해

아는 사람은 내 주변에서도 극소수라고.

애초에 네가 오늘부터 한 달의 시간을 끝도 없이 되풀이하는 타임루프를 겪고 있다는 것은 무척이나 유감이지만, 그리고 경험적으로 이 방법이 나를 이해시키는 가장 빠른 방법이었다는 너의 변명을 의심하지는 않지만, 무수한 타임루프 속에서도 나의 라이트 어퍼컷을 피한 횟수는 두 손에 꼽을 정도라는 농담이 농담이 아니라는 사실도 눈치챘지만, 그래도 다음에는 좀 다른 방법으로 설득을 해 봐.

곧 긴급 속보가 나올 예정이라면서 방송이 중단되었어. 네가 말한 그대로네. 이미 각오하고 있던 일이지만 심장을 꺼내서 얼음 잔에 담근 것처럼 서늘해.

카페의 분위기는 차분해. 라디오를 듣는 사람도 없으니까 무슨 일이 일어날지 어떻게들 알겠어? 그나마 무료하게 스마트폰으로 뉴스 사이트나 SNS를 새로고침하는 사람들이 가장 빨리 알게 되겠지.

아직은 다들 몰라. 이 세상이 멸망하기까지 이제 정확히 한 달이 남았다는 사실을 다들 몰라.

나중에도 다들 모를 거야. 이 세상을 구하기 위해 몇 번이고 앞으로의 한 달을 반복하기 위해 전란의 태풍 속에 총알이 소나기처럼 쏟아지고 피바람이 부는 곳에 뛰어든 누군가가 있다는 사실을 다들 몰라.

그 누군가가 일만 잔의 커피를 마심으로써 세상을 구하고자 한다는 사실을 어떻게들 알겠어. 그리고 그게 너라는 사실을. 어떻게들.

❖

 커피는 정말 별로다. 너무 시고 써. 자갈을 식초에 끓여 마시는 것 같아. 너는 이 카페가 커피를 못하는 가게는 아니라고 했으니 이 카페의 커피가 문제라기보다는 어디까지나 나의 기호와 맞지 않아서겠지.
 아쉽기는 해. 나는 너 같은 회귀자가 될 자질이 없나 봐. 애초에 네가 물리적으로 한 주기의 회귀자는 단 한 명만 될 수 있다고 했지만 그래도 한 번 시도만 해 봤는데 역시는 역시다.
 애초에 프루스트 시동 도약 엔진의 작동 원리부터가 마음에 들지 않아. 하필 그 주기에서 가장 강렬한 맛과 향의 경험을 한 순간으로 돌아가게 된다니. 그리고 너에게 있어 그 경험이 나와 한판 싸우고 난 다음 헤어지기 위해 만난 카페에서 마신 이 한 잔이었다니.
 굳이 프루스트라는 이름을 붙였다는 것도 재수가 없어. 뭐 좀 읽어 봤다 이거야? 그래서 그 작품을 처음부터 끝까지 다 읽은 사람이 이 나라에 몇 명이나 있기는 해서 그런 작명을 했다니?
 어휴. 커피 마시니까 지친다. 카페인이 들어가야 집중력이 오르는 사람도 있다는데 나는 영 그렇지가 않은 것 같아.

오히려 몸에 힘이 들어가지 않고 축 늘어지는 느낌이야.

거참. 너도 말이야. 그때 기왕 먹는 거 기운이라도 나게 고열량의 달콤하고 비타민으로 가득해 새콤한 에이드류라도 마셨으면 어땠겠어. 도대체가 나는 도무지 너를 해석할 자신이 없어.

하기야 이해가 가면 그렇게 싸우기를 했겠니? 나는 도대체 너를 알 자신이 없어. 너는 내 인생에서 만난 가장 큰 수수께끼야. 뭐하는 인간인지 뭐하자는 짓인지. 나의 너에 대한 기억은 하나같이 그래.

그러니 네가 갑자기 커피 잔을 내려놓고서 펑펑 울며 앞으로 일어날 일에 대한 설명을 쏟아내는 모습을 처음으로 보면서 놀라기보다는 또 내가 이해하지 못할 너만의 기이한 논리와 황당한 비약으로 신기한 결론을 내렸나 의심하기도 했고.

너야 이미 내 앞에서 몇 번이고 울었다고 했지만 말이야. 그건 어디까지나 네가 이전까지의 회귀에서 보여 준 모습이지 내가 기억하는 모습은 아니잖아.

네 말대로 이건 참 불공평한 연애야. 너는 나에 대해서 일방적인 기억을 쌓고 있지만 나는 너에 대해서 아무것도 배우지 못하니 우리 사이의 격차는 커지기만 하잖아. 너는 나에 대해서 점점 알아 가는데 나는 너에 대해서 여전히 몰라. 일만 번의 하루를 다시 보낸다고 해도 딱히 지금보다 너를 더 잘 알게 될 자신이 없는데 그런 기회조차 없잖아.

라디오에서는 대통령의 목소리가 나오기 시작했어. 여전히 가래 끓는 쇳소리로 가득한 목소리야. 불쾌하군.

너의 설명에 따르면 이제 곧 대통령이 포고령을 내린 뒤 군인들이 국회를 봉쇄한 다음 그의 자리를 위협하던 여야의 유력 정치인들을 죽이고는 그 혐의를 북한군에게 뒤집어씌우는 성명을 발표하겠지.

어때. 제법 잘 기억하지? 네가 울면서 앞으로 일어나게 될 일을 설명할 때 집중하면서 들었다고 했잖아. 황당하기는 했지만 믿지 못한 건 아니라고도 했잖아.

다만 네 말대로 네 설명을 듣는 중에 딴생각을 안 한 것은 아니었어. 그때 나는 철없이 너를 부러워했지 뭐야.

일만 번의 하루를 반복해서 보낼 수 있다면, 그리고 그 하루를 2주에 걸쳐 보낼 수 있다면 도서관에 있는 모든 책을 읽을 수도 있겠다고 생각했거든. 그 정도의 시간이 주어진다면 아무리 나라도 『잃어버린 시간을 찾아서』를 다시 읽을 수 있지 않겠어?

농담이야, 농담. 네가 그렇게 하루를 보내지 않았다는 것은 나도 의심하지 않아. 너는 그럴 수 있는 사람이 아니잖아. 피가 흐르는 도로를 지나칠 수 있는 사람이 아니잖아.

❖

에고, 편지지에 얼룩이 남았네. 이 자국은 편지를 들고 걷다가 카페 점원이랑 부딪혀서 생긴 자국이야.

결국 커피는 생으로는 다 못 마시겠더라. 그래서 초콜릿이라도 같이 사서 먹으면 낫지 않을까 싶어서 자리에서 일어나는 중에 그만 점원이랑 부딪혔지 뭐야.

그 쓰던 커피도 초콜릿과 함께 마시니 어떻게든 넘길 만하네. 근데 생각해 보니 이럴 거면 처음부터 커피맛이 나는 디저트를 시켰으면 되는 게 아니었나 싶기도 하고.

이제 와서 또 디저트를 시키기는 조금 그렇지. 그러니 이거까지는 다 먹어야겠다.

아, 위 문단에 생긴 얼룩은 초콜릿이 녹아서 생긴 거야. 그냥 내가 먹다가 흘려서 생긴 거야.

생각해 보면 그때도 그랬지. 너랑 처음으로 영화를 보고 들른 카페에서도 그랬지. 우리가 시킨 음료를 들고 오던 점원이 미끄러져서 잔을 다 엎어 버렸을 때 너는 웃으면서 점원을 일으키고 그 사람과 함께 바닥을 치웠지. 연신 사과를 하던 점원을 위로하면서 말이야.

생각해 보면 억울한 일이지만 내가 너의 끔찍한 영화 취향에도 불구하고 너를 좀 더 만나도 좋겠다고 결론을 내린 가장 결정적인 계기는 그때 너의 모습이었어. 내가 너에게 반한 이유는 너라는 사람은 웃으면서 누구를 구하는 사람이라서였어.

오해는 하지 마. 내가 사람을 고르는 기준은 딱히 그 사람의 선행이나 도덕관에 있는 건 아니니까. 그냥 다른 사람에게 이렇게까지 친절한 사람이라면 연인에게는 더더욱 친절하지 않을까, 내게 이로운 일을 해 주지 않을까 생각해서였으니까.

착각이었지. 선행이나 도덕관이 몸에 밴 사람은, 다른 사람에게 그렇게까지 친절한 사람은 연인에게조차 공평하고 동등하게 대하기만 할 줄은 상상도 못했지.

아니다. 아니야. 오히려 자기 사람이라고 생각하고 훨씬 더 엄격하지. 야, 나 진짜 속은 기분이다. 이건 사기 연애였고 너는 허위 매물이었다. 그거는 알아 둬라.

나도 아까는 너처럼 그냥 웃으면서 잘 지나갔어. 꼭 너처럼 되려고 한 건 아니고. 그냥 곧 세상이 멸망한다는데 이 점원에게 화를 내 봤자 이 사람이 뭘 배우거나 크게 달라지거나 하지는 않을 거라서야.

❖

네가 한 달 뒤에 있을 멸망에 대해 설명하면서 말한 키워드들을 검색해 봤어. 비상 계엄. 내란. 쿠데타. 국회 해산. 국지 도발로 위장된 암살. 광주. 강제 해산. 전차 부대. 군사 작전. 헬기 사격. 전면전. 헌법 제9조. 자위대. 중공군. 세계 대전. 제3차. 핵. 핵. 핵.

너는 암살은 몇 번 막는데 성공했다고 했지. 하지만 그것만으로는 문제가 해결되지 않았다고 했고. 시간적으로 비상 계엄을 막는 것은 불가능하다고 했고. 더 많은 변수와 가능성을 찾아 헤매고 있다고 했고.

처음으로 나의 시체를 보았던 때에 대해서도 말해 줬지. 많이 울었다고 했지. 이름도 모를 아이를 품에 안고 있었다고 했지.

아직 나의 죽음이 믿기지는 않아. 일단 이 시점의 나는 살아 있잖아. 그리고 나는 내가 왜 누군지도 모를 아이를 안고 있었는지도 모르겠어. 아마 너무 무서워서 곰인형 대용으로 삼았던 게 아닐까?

네가 너무 놀라고 충격을 받은 게 아닐까 싶으니 부연을 할게. 네가 본 나의 죽음은 아마 네가 만 번의 회귀를 거치면 5퍼센트 이하의 확률로 일어나는 일이었을 거야. 평소의 나는 좀 더 영악하고 민첩하거든. 물론 그런 나라도 핵폭발을 피하지는 못했겠지만, 95퍼센트 이상의 나는 아마 알아서 잘 피하고 잘 숨어 있다가 핵폭발로 단숨에 가 버렸을 거야. 나는 그렇게 확신해. 그러니까 너무 슬퍼도 걱정도 하지 말고 네 할 일을 해.

그런 점에서 프루스트 시동 도약 엔진은 너를 과거로 보내기만 할 뿐이라서, 네가 과거로 돌아가기로 결정한 순간에 온 우주가 이 시점으로 돌아오는 방식이라서 다행이야.

평행우주로 보내 버리는 거라면 매번 어딘가 다른 세상을 살면서 어떤 점이 달라졌고 어떤 점은 그대로인지 찾느라 정신이 팔렸겠지. 네가 떠난 뒤로도 그 우주의 시간선이 이어진다면 그렇게 남겨진 세계는 무척이나 쓸쓸하기만 할 테고.

프루스트 시동 도약 엔진이 한 명만 쓸 수 있는 것도 다행이야. 만약 회귀자가 여럿이고 각자 회귀할 때마다 다른 시간선에서 만나게 된다면 시간선에 분기가 생기고 평행우주가 탄생한다는 이야기잖아? 그렇다면 회귀자들은 매번 회귀를 진행할 때마다 시간의 미아가 될 테지.

물론 너의 부담감을 부정하지는 않아. 너는 너의 선택 때문에 이 세상에 주어졌어야 했던 어떤 가능성이 사라진다는 사실에 겁이 난다고 했잖아. 맞아. 시간 회귀는 그 자체로 일어날 일과 일어나지 않을 일을 회귀자의 입맛에 맞게 정한다는 점에서 막중한 책임을 갖지.

그래도 너무 염려는 하지 마. 가능성의 소멸은 곧 가능성의 탄생이기도 하니까. 네가 지운 세상만큼이나 네가 그려 나가는 세상이 넓어지는 것이니까.

너는 그냥 세상을 구한 다음에 나한테 잘할 걱정이나 해. 너한테 가장 급한 건 그거니까. 지금의 나야 상황을 다 듣고 정상을 참작하고 있지만 네가 세상을 구한 시간선의 나까지 너를 잘 봐줄지는 자신이 없으니까.

아니, 이제까지 내가 너를 견뎌 준 것부터가 놀랍다면 놀라운 일이지. 네가 기념일을 잘 챙기기를 하니, 선물 고르는 센스가 좋기를 하니, 여행 코스를 정하기를 하니?

너 정말로 프루스트 시동 도약 엔진을 오늘부터 쓸 수 있게 된 게 맞지? 전에는 못 쓰던 게 맞지? 네가 회귀를 할 수 있으면서 나한테 그랬으면 야 진짜 그건 성의가 없는 거야.

하여간, 원래도 이상했으니 아까도 네가 커피 잔을 내려놓고서 평평 울 때도 평소처럼 이상한 짓을 하는 건지 오늘 뭐가 있어서 이상한 짓을 하는 건지 내가 죽는 미래를 너무나도 많이 봐서 이상한 짓을 하는 건지 구분을 못했잖아.

그러니까 세상을 구한 다음에는 나와의 관계부터 구하라고. 제발 좀.

❖

커피는 단 거랑 먹으니까 어떻게든 먹을 만해. 커피의 씁쓸한 맛이 초콜릿의 달콤한 맛을 돋우고 초콜릿의 달콤한 맛이 커피의 씁쓸한 맛을 달래네. 너의 프루스트 시동 도약 엔진이 초콜릿이었다면 좋았을 텐데.

하지만 뭐 어쩔 수 없지. 기억이라는 게 원래 그런 거니까. 고통스럽고 가슴 아픈 기억은 생생하고 명확하게 남고 즐겁고 웃음이 나오는 기억은 흐릿하고 모호하게 남잖아. 슬픈 기억은 차갑고 딱딱하게 박제되어 거리를 둘 수 있게 되고 기쁜 기억은 따뜻하고 부드럽게 스며들어 힘이 되어 주잖아. 그래야만 견디고 나아가니까.

라디오에서 계엄령을 선포하는 대통령의 목소리를 몇 번이고 다시 방송하고 있어. 몇 번을 들어도 익숙해지지 않는, 스텡 숟가락으로 스텡 밥그릇을 긁는 소리야.

너는 지금 어디에 있니? 이번에는 성공할 수 있을 것 같아? 너무 지쳤다고 펑펑 울다가도 시간 맞춰 나가야 한다면서 달려나가더니, 어떻게 좀 되는 것 같아?

그저 두근거리면서 라디오에서 들리는 내용과 네가 들려준 이야기를 비교하고 있어. 정말 네가 오늘을 많이 보내기는 했구나. 어떻게 한 자도 틀리지 않고 줄줄이 외웠니.

카페에도 술렁거리는 사람들이 나오기 시작했어. 요즘은 SNS로 소식이 전달되니 자연스러운 일이지. 조금 신기하긴 하다. 만약 내가 계엄령을 내리면 인터넷부터 끊을 텐데 말이야.

네가 만나러 간 사람들도 지금은 네가 한 말이 사실이라는 것을 실감하고 있겠지. 이번에는 부디 그 사람들과 잘 마무리할 수 있으면 좋겠다.

나는 이제 라디오를 껐어. 더 듣고 싶은 목소리는 아니거든. 네 조언대로 뉴스 속보들은 스마트폰으로 체크하려고 해.

너는 나에게 사실을 말했어야 했어. 네가 나에게 솔직하지 않았던 것이 얼마나 답답했는지 몰라. 이것만큼은 분명 네 잘못이 맞아.

그래도 이렇게 걱정할 거면 나는 왜 그렇게 화를 낸 것일까. 아니, 너를 사랑하니까 화가 났던 것이겠지. 나는 너를 더 믿고 더 명확하게 물어봐야 했던 것이고.

그 사이 커피의 얼음이 거의 다 녹았네. 이제는 초콜릿이 없어도 어떻게 마실 수는 있겠다. 밍밍해지긴 했지만 말이야. 양도 너무 늘어났고.

초조함이 얼음을 녹여 버렸어. 시간이 지나 네가 말했던 파국이 다가오고 있어.

탕, 하는 소리를 들었어. 네가 말했던 그대로의 총성이 울려. 다시 총성이 울려. 탕, 하는 단발이 아닌 아주 오래도록 반복되는 연발의 총성이 들리고 있어.

저 총성이 너를 향해 울리지는 않았겠지? 이 우주가 그대로 유지되고 있으니까 아마 아니겠지. 네가 죽으면 프루스트 시동 도약 엔진이 작동해서 다시 아까의 시간으로 너와 이 우주를 돌려보낼 테니까.

나는 카페 밖으로 도망치는 사람들의 비명 속에서 이제까지 쓴 편지를 다시 읽어 봤어. 너무 감성적으로 쓰고 있는 것 같아 부끄럽다.

하지만 부끄러움을 무릅쓰고 공식적인 기록을 남길게. 나는 너를 용서해. 이제까지 일만 잔의 커피를 마신 너를 용서해.

너 엄청 울었지. 나를 죽게 했다고 계속해서 울었지. 나도 영문을 몰라 울었고. 너를 따라서 엄청 울었고, 너는 나를 또 죽게 할 거라고 다시 엄청 울었지. 다시 엄청 울었지.

네가 구천구백구십구 잔의 커피를 마실 때까지의 나도 이미 너를 용서했을 거야. 나는 너를 용서했을 거야. 막연한 확신이지만 나는 내가 그랬을 것이라는 사실을 알아.

너는 나를 두고 가 버렸어. 알아. 너는 누군가를 구하러 가기로 했던 거잖아. 다친 사람들 사이에 뛰어들어 더 이상 다치지 않도록 구하려고 간 거잖아. 그렇다고 해도 네가 나를 두고 가 버렸다는 사실은 달라지지 않아.

그러니까 돌아와. 그래야지. 갔으면 돌아와야지. 안 그래?

너의 하루는 어떻게 되었을까. 이번에도 실패했을까? 그래서 일만 하고도 한 잔의 커피를 마실 준비를 하고 있을까? 방금 전의 총성을 생각하면 아마 그럴 가능성이 높은 것 같지. 아니, 그렇겠지. 너는 처음부터 단 한 발의 총알도 발사되지 않는 밤을 찾아 떠난 것이었으니까.

장기적으로 생각하자. 너는 그저 승리하기 위해 지나쳐야 하는 또 하나의 하루를 거쳤을 뿐이라고 생각하자고. 백 번의 패배를 거쳐야만 얻을 수 있는 한 번의 승리라는 것도 있는 법이니까.

❖

떨리는 손으로 커피 잔을 들어. 아무래도 긴장을 좀 했나 봐. 이미 마음속에서는 일어날 것이라 알고 각오했던 일이어도 막상 눈앞에 닥쳐오니 심장이 두근거리는 것까지는 막지 못하네.

아마 이 순간의 기억은 오래가겠지 싶어. 그런 날이 있잖아. 아무리 긴 시간이 지나도 잊지 못하는 날. 너무나도 충격을 받고 놀란 나머지 몇 달이고 몇 년이 지나더라도 생생하게 떠오르는 그런 날.

내 경우에는 처음으로 무지개를 봤던 기억이 그런 날의 기억이야. 초등학교 3학년 때였어. 체육 시간에 철봉 시험을 보려고 줄을 선 채 딴생각을 하고 있었지. 근데 그때 같은 반 친구가 와, 하고 소리를 치고는 손가락을 들어 하늘을 가리켰어. 그곳에는 아주 밝고 큰 무지개가 떠 있었고. 비가 그쳐서 철봉 시험을 하게 되어서 한창 짜증이 났던 차에 그 무지개를 보고 반 아이들 모두가 감탄했던 기억이 아직까지도 생생해.

이렇게 나 혼자만의 기억을 넘어 사람들 모두의 뇌리에 새겨지는 그런 날도 있지. 우리 아빠는 아직까지도 미국에서 9.11 테러가 일어났을 때 속보를 보았던 날을 이야기하고는 해. 우리 세대에게는 세월호와 이태원이 그런 기억으로 남아 있을 것이고. 그리고 오늘도 그런 기억이 될 수도 있겠지. 네가 더 이상 커피를 마시지 않아도 되는 그런 날이 된다면 말이야.

커피는 이제 미지근해졌어. 이러니 떫은맛이 강해져서 영 마시기가 힘들다. 아무래도 단 걸 조금 더 먹을까 봐.

조금 뜬금없는 질문 하나 해 보자. 몇 번째의 내가 가장 취향이었어? 아니, 그렇잖아. 하다못해 같은 아이스 아메리카노도 얼음에 갓 부었을 때와 얼음이 적당히 녹았을 때 그리고 완전히 미지근해졌을 때 다 맛이 다른데 나라고 뭐 다르겠어? 네가 봤던 일만 번의 나 중에 좀 더 네 취향대로 행동했던 내가 있을 것 같은데, 아니야?

나도 참 주책이다, 그렇지? 같은 나인데 다른 나에게 질투하다니. 내가 만나 본 적도 없는 나인데도 말이야. 아닌가? 이상한 일까지는 아닌가? 우린 언제나 어제의 나를 깔보고 내일의 나를 동정하며 비교하고 급을 나누고는 하니까.

왜. 또 어색해? 너는 내가 이렇게 누군가를 질투하고 시기할 때마다, 하다못해 나에 대해서 그럴 때조차 나를 이해하지 못하잖아. 짜증을 내거나 질색하지는 않지만 그렇다고 나를 이해하지는 않지. 너는 나처럼 불안으로 가득 찬 순대 같은 사람이 아니니까.

어쩌면 너는 내가 네 어처구니없는 변명에 화를 내고 싸운 다음에 헤어지기를 원했던 것은 아니니? 내가 너를 기어코 실망시키고 네가 나를 드디어 포기해도 되는 시간을 기다렸던 것은 아니야? 모르겠다. 알잖아. 내가 이렇게 불안해.

너는 네가 몇 만 번이고 다시 시간을 되돌리는 일에 과연 의미가 있나 불안해했지. 네가 생각하는 최고의 31일을 만드는 데 성공하더라도 32일이 되는 순간에 모든 것이 다 뒤집히는 비극이 일어나지 않을까 두려워했지.

근거가 없는 두려움은 아닌 것 같아. 너는 과거로 돌아올 수 있는 거지 미래를 알 수 있는 게 아니니까. 네가 만든 최고의 31일이 어쩌면 최악의 32일의 원인이 될지 아닐지 모르지.

하지만 말이야. 그건 중요한 게 아닌 거 같아. 그건 그저 결과론이잖아. 그렇다면 네가 한 행동을 평가할 수 있는 결과가 나오는 시기의 기준은 언제까지인데? 하루 뒤? 한 달 뒤? 1년? 10년? 100년? 네가 만들고 만 최악의 32일은 어쩌면 최고의 3만 2천 일의 원인이 될지도 모르잖아.

너는 시간을 반복하는 거지 미래를 바라보는 게 아니기는 하지. 하지만 이건 미래를 볼 수 있어도 마찬가지의 일일 거야. 언제의 미래를 기준으로 우리 스스로를 평가할 수 있는지 정답은 없잖아.

그렇다면 결국 너의 기준은 네 안에서 찾아야만 할 거야. 네가 지금 눈앞에 있는 사람을 구하느냐 구하지 않느냐에 대한 선택을 기준으로 삼아야 할 거야. 너는 비겁하지 않기로, 용기를 내기로 결정했을 뿐이야. 그리고 나는 너의 기준이 싫지 않아.

❖

여기에는 얼룩이 더 크게 났네. 커피를 쏟았거든. 건물이 흔들리는 바람에 말이야.

결국 커피는 다 마시지 못했네. 거참, 아까까지는 이걸 왜 마시나 싶었는데 막상 쏟아 버리니까 또 아쉽네.

나는 지금 진열대에서 타르트를 하나 꺼내서 먹고 있어. 딸기 타르트로 골랐지. 아무래도 겨울에는 딸기잖아.

딸기 타르트는 내가 직접 꺼내 먹어야 했어. 결제도 혼자 알아서 했고. 계속되는 총성과 폭연으로 이제 점원까지 다 도망쳐서 가게 안에는 나 혼자만 남았거든.

너는 아마 내가 이곳에 남아 이런 풍경을 보게 되는 게 싫었나 보지. 그러니까 나와 헤어지자고 했던 것이고 말이야. 헤헤. 좆까.

어차피 이번에 실패하면 지금의 내 기억은 다 사라질 건데 뭘 또 그렇게 서둘러서 헤어지려고 하는 거야? 너와 나 사이에 기억의 편차가 생기는 게 두렵다고 했지만 나는 그건 중요하지 않은 것 같아.

시간 여행자의 딜레마에 사로잡히지 마. 그냥 너를 제외한 온 세계가 수면 마취에 빠졌다고 생각하라고. 너 예전에 나랑 같이 보았던 쇼츠 기억나? 수면 마취에서 깨어난 여자가 눈앞에서 자기를 기다리고 있던 남자 친구를 보고 몽롱한 상황에서도 다시 사랑에 빠지던 그 영상 말이야. 시간 여행자와 시간 여행자의 연인 사이의 사랑은 그런 거라고 생각해. 한쪽이 조금 몽롱하고 기억을 제대로 하지 못해도 항상 다시 사랑에 빠지고 마는.

네가 만약 이번에 세상을 구하지 못해 다음에 세상을 구하게 되고, 그 시간선의 내가 너와의 이 대화를 기억하지 못하는 것에도 슬퍼하지 마. 기억이 데이터라면 영혼은 알고리즘이야. 데이터가 쌓여 알고리즘이 개선되고 알고리즘에 따라 데이터를 수집하는 상생의 관계지만 당분간의 데

이터가 조금 삭제되더라도 네가 반하고 사랑하는 알고리즘은 처음 그대로니까.

고백하자면 나도 시간 여행자야. 아니, 프루스트 시동 도약 엔진이 있다거나 드로리안이나 타디스의 주인이라거나 하는 이야기가 아니야. 나는 너를 사랑하잖아. 지금의 나를 글로 박제해서 미래의 너에게 보내고 있잖아. 과거의 너와 보냈던 추억을 먹으며 현재의 너를 향해 이야기를 건네 미래의 너에게 사랑을 보내잖아. 그렇다면 나도 아주 훌륭한 시간 여행자라고 할 수 있겠지.

그러니까 동지, 자네 혼자만이 시간여행자라고 유난 떨지 마시오.

❖

상황이 궁금한데 이젠 와이파이도 5G 데이터도 안 터지네. 라디오도 지지직거리는 소리만 나와. 무슨 일이 일어나고 있는지 알 수가 없으니 답답하다.

원래 네 계획대로라면 지금쯤 국회의원들이 담을 넘고 계엄령을 해제해야 했던 시간인데 말이야. 아무래도 네가 경험한 하루 중에서도 제법 빠르게 파국이 온 하루 같네.

너는 지금 어디에 있니? 이 카페에 돌아와서 내 편지를 읽을 수는 있을 것 같아? 다행히 이 편지가 수신자를 만나지 못하더라도 실망스럽지는 않을 것 같아. 언젠가 다른 시간선의 나는 너에게 편지를 부치는 데 성공했을 테니까, 그때의 나에게 기대를 걸어 보도록 하지.

너는 헤어지자고 말하면서 그때에 대해 말했지. 처음으로 나와 함께 방공호에 무사히 도착했던 시간선에 대해 이야기를 했지. 간신히 나를 살리는 데 성공했던 그때에 대해서. 그리고 네가 더 좋은 결과를 만들 수 있을 것이라며 떠나 버렸던 그 선택에 대해서.

고마워. 그때의 나를 포기해 줘서. 너는 나를 버린 것이라고 말했지만, 죽인 것이나 마찬가지라고 말했지만 나는 그렇게 생각하지 않아. 너는 그때의 내가 올바른 일을 하도록 도운 거야.

어딘지 모르겠지만 어쨌든 잘 해 봐. 잘 좀 해 봐. 가서 세계를 구해. 내게 더 많은, 더 넓고 큰 세계를 가져다주라고. 내가 기억 못하는 일들이 많겠지만 그런 건 신경 쓰지 말고. 내가 뭘 까먹는 게 뭐 어제오늘 일이니?

창밖을 보니 도로에 피가 흐르네. 아무래도 이번 시간선은 실패한 게 맞는 것 같네. 다음 시간선의 네가 이 모든 일을 다 해결하기를 기도할게. 너를 응원해. 너를 믿어. 네가 목표한 일들을 다 이루리라 기대해.

도시의 불이 꺼지고 하늘에는 별이 빛나기 시작했어. 무슨 일이 일어나고 있는지 참 와닿는 광경이야.

이런저런 디테일은 나중의 네가 설명해 주겠지. 나는 그때를 기다리고 있을게.

우리는 잊어버린 추억이 많을 거야. 싸우게 될 일은 훨씬 더 많을 거고. 그런데 있잖아, 난 그게 나쁘지 않은 거 같아.

우리 매번 싸우고 자주 울자. 쪽팔린다고 생각하지는 마. 너는 우는 모습이 제법 섹시하거든.

사람을 살게 하는 기억이 있지. 아무리 힘들고 외롭더라도 다시 자리에서 일어나 두 눈을 부릅뜨고 주먹을 움켜쥐게 만드는 기억이 있지. 그러니까 내가 너의 기억이 될게. 네 인생의 답이 될게.

그러니까 다음에 나를 만나면 손을 잡아 줘. 포옹을 해 주라고.

❖

타르트는 다 먹었어. 기왕 먹는 거 고열량으로 아낌없이 싹싹 긁어먹었지. 어차피 이 시간선은 네가 다시 되돌릴 거라 생각하고 다이어트 걱정 없이 마음 놓고 와왁와 먹었어. 오랜만에 당분을 넘치게 먹으니 기분이 좋아지네.

아니, 근데 프루스트하면 마들렌 아니야? 왜 그걸 안 사주는 거야? 프루스트 시동 엔진을 그렇게 써먹을 거면 이 모든 일을 마치고 『잃어버린 시간을 찾아서』도 틈나는 대로 읽어 봐. 참고로 말하자면 나는 그 책을 다 읽는 데 7개월 넘게 걸렸어. 게다가 뒷 권을 읽을 때 앞 권 내용이 기억이 안 나다 못해 실시간으로 읽은 내용을 까먹으면서 읽었어. 하지만 일만 잔의 커피도 마신 네가 못할 일이기야 하겠어?

커피는 천천히 익숙해질게. 네가 모든 걸 잘 정리한 뒤에, 마들렌이랑 같이 말이야.

그러니까 말이야. 가서 세계를 구해. 일만 번 노력해서 나를 방공호에 데려가는 방법을 찾았으니 일만 번 더 노력하면 이 세상을 방공호로 만드는 방법을 찾을 수 있을 거야.

나에 대해서는 걱정하지 마. 나는 카페를 다 정리해 놓은 다음에 평안한 마음으로 이 세상이 되돌아가기만을 기다릴 테니까. 앞으로 일만 번의 내가 그럴 것처럼 말이야.

아, 나중에는 사과 꼭 잘 해라. 내가 네 이야기를 믿지 못해도 내가 석사 2학기에 저지른 이야기는 꺼내지 말고. 어느 시간선의 내가 알려 준 건지 몰라도 효과가 그렇게 좋진 않았다. 그보다는 내가 중학교 3학년 때 녹음한 자작곡이 조금 더 잘 먹힐 거야. 그리고 그 자작곡에 대해서는 내가 이 편지에 적어 놓기는 너무 부끄러우니까 다음 시간선의 나한테 알아내도록 해.

도대체 너는 나를 얼마나 사랑하기에, 너에게 나는 어떤 사람이기에 나의 과거를 이렇게 속속들이 알아내고도 나를 포기하지 않는 거니? 하여간 부끄럽다. 그러니 쌤쌤하게 앞으로 오래오래 살아서 너의 부끄러운 모습도 나에게 보여 주도록 하라고.

네가 사과를 잘 하더라도 나는 아마 몇 번 미운 소리를 할 거야. 하지만 그렇다고 헤어지자는 미운 소리는 아닐 테니까 너무 걱정할 필요는 없어. 용서를 하는 것과 화가 풀리는 것은 아주 다른 일이라서 그래. 그것만 기억해둬.

❖

이렇게 길게 편지를 쓰긴 했는데 예전의 내가 이미 이런 내용의 편지를 쓰진 않았을까? 조사 정도만 다르고 거의 다 똑같은 편지를 벌써 본 건 아니니? 뭔가 다른 내용을 잘 넣었을지 모르겠다.

어쨌든 이 편지는 여기 카페에 놓고 가도록 할게. 부디 이 편지가 네게 전달되었으면 해. 아, 맞다. 아까 딸기 타르트를 사면서 네가 마실 커피값까지 내가 다 계산해 놨어. 네가 알아서 찾아 마시도록 해.

이런. 창밖으로 어떤 아이가 우는 소리가 들려. 이제 나는 그 아이를 구하러 가 볼까 해. 어쩌면 이 아이가 네가 봤다던 이름도 모를 그 아이일지도 모르겠네. 이번에는 꼭 구해 봐야지.

결국에는 다 잘 되자. 힘내. 사랑해!

◦ 작가의 말 ◦


 몇 번이고 생각해봐도 지금 우리가 보내는 하루는 누군가가 무한회귀 끝에 달성한 엔딩 중 하나 같아요.

**이상한 나라의 불타는 시민들** 민주주의 장르 단편선

ⓒ 전혜진, 곽재식, 최희라, 류호성, 홍지운, 2025

1판 1쇄 인쇄  2025년 8월 5일
1판 1쇄 발행  2025년 8월 15일

지은이 전혜진, 곽재식, 최희라, 류호성, 홍지운

발행인 김지아
표지 및 본문 디자인 강수정

펴낸 곳 구픽
출판등록 2015년 7월 1일 제2015-27호
주소 서울시 광진구 동일로 459, 1102호
전화 02-491-0121
팩스 02-6919-1351
이메일 guzma@naver.com
홈페이지 www.gufic.co.kr

ISBN 979-11-93367-17-9  03810

※ 이 책은 구픽이 저자와의 계약에 따라 발행한 것이므로 본사의 서면 허락 없이는 어떠한 형태나 수단으로도 이 책의 내용을 이용하지 못합니다.
※ 책값은 뒤표지에 있습니다.